KB131412

Amélie Nothomb

배고픔의 자서전

아멜리 노통브 지음　전미연 옮김

열린책들

BIOGRAPHIE DE LA FAIM
by AMÉLIE NOTHOMB

Copyright © Éditions Albin Michel S. A., 2004
Korean translation copyright © The Open Books Co., 2006, 2014

Cover photograph copyright © Renaud Monfourny

This new Korean edition is published by arrangement with Éditions Albin Michel through Shinwon Agency.

이 책은 실로 꿰매어 제본하는 정통적인 사철 방식으로 만들어졌습니다.
사철 방식으로 제본된 책은 오랫동안 보관해도 손상되지 않습니다.

오세아니아의 여러 섬들 중에 〈바누아투〉라는 군도(群島)가 있다. 옛 이름이 뉴헤브리디스인 이 섬나라는 지금까지 한 번도 기근을 겪은 적이 없다. 누벨 칼레도니 섬과 피지 섬 연안에 위치한 바누아투는 수천 년 전부터 풍요와 고립이라는 두 가지 혜택을 동시에 누리고 있다. 사실 이 두 가지 혜택은 하나씩 받기도 어려운 것으로 한꺼번에 받는 경우는 더더욱 드물다. 섬 이야기를 하면서 두 번째 미덕을 들먹이는 것은 어찌 보면 동어반복이 될 것이다. 하지만 사람들의 발길이 아주 잦은 섬도 있지 않은가. 물론 뉴헤브리디스처럼 외부인의 발길이 드문 섬도 있긴 있지만 말이다.

바누아투에 가고 싶은 마음이 생긴 사람이 하나도 없었다는 것은, 참으로 묘하지만 역사적 사실이다. 심지어는 황량의 섬[1] 같은, 지리적으로 아주 불리한 섬에도 나름대로 열혈 신봉자들이 있다. 버림받은 이 섬에 뭔가 사람을 끄는 게 있는 모양이다. 자신의 고독을 부각시키고 싶거나 무슨 저주받은 시인이라도 되는 양하는 사람이라면, 〈나는 황량의 섬에서 돌아왔소〉 하면서 극적인 효과를 불러일으킬 수 있을 것이다. 마르키즈 제도에서 돌아온 사람은 환경 친화적 사고를 불러일으키고, 폴리네시아에서 돌아온 사람이라면 고갱을 떠올리게 할 것이다……. 하지만 바누아투에서 돌아왔다는 사실은 아무런 반응도 일으키지 못한다.

뉴헤브리디스가 매혹적인 섬들로 이루어져 있기 때문에 이런 사실이 더더욱 기이하게 느껴질 수밖에 없다. 뉴헤브리디스에도 사람들을 꿈꾸게 만드는, 여느 오세아니아 섬들에 있을 만한 것들은 빠짐없이 다 있다. 종려나무, 고운 모래사장, 야자수, 꽃, 유유자적한 삶 등등……. 프랑스 작가 비알라트를 패러디하면 이렇

1 Desolation Island. 케르겔렌 제도의 다른 이름.

게도 이야기할 수 있겠다. 바누아투의 섬들이야말로 지극히 섬다운 섬들이라고.[2] 그런데 조금의 암벽만 삐죽 솟아 있어도 통하는 섬의 마법이 바테 섬[3]과 그 누이 섬들에게는 왜 통하지 않는 것일까?

마치 바누아투가 어느 한 사람의 관심도 끌지 못한 것처럼 말이다.

이런 무관심이 나를 사로잡는다.

지금 내 눈앞에는 1975년판 케케묵은 라루스 사전의 오세아니아 지도가 펼쳐져 있다. 당시에는 바누아투 공화국이라는 나라가 아직 존재하지도 않았고, 뉴헤브리디스는 프랑스인과 영국인들의 콘도미니엄이었다.

지도가 웅변해 주고 있다. 오세아니아는 바다의 국경선이라는, 터무니없으면서도 놀라운 현상에 의해 분할되어 있다. 마치 큐비즘처럼 복잡하면서도 가차 없다. 이 지도는 집합론적인 특성도 보인다. 그러니까 월

2 알렉상드르 비알라트Alexandre Vialatte의 작품 『위대한 일상의 먼 옛날』에 나오는 〈사냥이야말로 모든 스포츠를 통틀어 가장 사냥다운 스포츠다〉라는 문구를 패러디한 것.

3 바누아투 군도의 섬들 중 하나.

리스 섬과 사모아 섬 사이에 교집합이 형성되는데, 이 사모아 섬이라는 것이 또 쿡 제도에도 속하는 것 같아 보인다 — 도무지 뭐가 뭔지 알 수가 없다. 오세아니아에서는 정치적 복잡다단함, 뜨거운 위기 상황까지도 발견된다. 적도의 스포라데스라는 근사한 별칭이 있지만 그렇게는 거의 알려지지 않은 라인 제도 문제를 둘러싸고 미국과 영국이 벌이는 분쟁 같은 것 말이다. 호주, 뉴질랜드, 영국에 한꺼번에 속하는 재주를 가진 캐럴라인 제도는 삐딱선을 타도 한참을 타서 알고 보니 영국 보호령이더라, 등등.

흔히들 오세아니아를 지도책의 이단자라고 한다. 그 수많은 기괴함들 속에서 바누아투는 무기력함이라는 특징으로 우리의 시선을 끈다. 변명의 여지가 없는 일이다. 전통적으로 앙숙 관계인 프랑스와 영국, 이 두 나라의 공동 지배를 받았으면서도 이렇다 할 분쟁거리 하나 제공하지 못했다면, 여기엔 무슨 악의가 숨어 있는 것일 수밖에. 그런데 누구 하나 반대하는 사람도 없이 독립을 쟁취했다니, 이건 조금 안쓰럽게 느껴질 노릇이다. 더군다나 인구에 회자되지도 못했으니 말이다!

이때부터 바누아투는 화가 났다. 뉴헤브리디스 때부터 이미 화가 나 있었는지는, 나는 모르겠다. 하지만 지금 바누아투가 화가 나 있다는 것은 논쟁의 여지가 없다. 나한테는 증거도 있다. 어떻게 하다 보니 한 바누아투 출신 작가가 나에게 헌정한(도대체 왜?) 오세아니아 미술 카탈로그를 받을 기회가 생겼다. 성(姓)이 얼마나 복잡한지 내가 여기다 도저히 베껴 쓸 수도 없는 그 남자는 나를 원망하고 있다. 그가 자필로 몇 줄 적어 놓은 것을 보면 미루어 짐작할 수 있다.

아멜리 노통브에게,

그래요, 압니다, 당신이야 통 상관도 안 하겠지요.

서명

2003년 7월 11일

이 글을 읽으면서 나는 눈이 휘둥그레졌다. 나를 만난 적도 없는 사람이, 무엇 때문에 내가 자신이 보낸 카탈로그에 그렇게 투박한 무관심을 보일 것이라고 단정한단 말인가?

그러니 무지몽매하기 그지없는 이 몸이 화첩을 뒤적여 볼 수밖에. 뭐가 뭔지 도통 분간이 안 가는 것은 분명한 사실이다. 내 소감이 고리타분하기 짝이 없는 것도 사실이다. 그렇다고 해서 아무런 감상도 없다고 말할 수는 없다.

나는 뉴기니의 멋진 부적, 사모아 섬에서 만든 우아한 염색 천, 월리스 섬의 깜찍한 부채, 솔로몬 섬에서 만든 기가 막힌 나무 항아리 등등을 보았다. 혹시 어떤 물건을 들여다보다 지루해지는 일이 생겨도, 물건에 대한 설명을 들여다볼 필요는 거의 없었다. 그건 그저 바누아투산 빗(혹은 가면, 혹은 초상)일 따름이었다. 전 세계 시립 골동품 박물관의 99퍼센트에서 흔히 보이는 빗(혹은 가면, 혹은 초상)과 절묘하게 닮은 것들이었다. 우리의 먼 조상들에게야 동굴 안에 채워 놔야 한다고 생각할 정도로 소중한 물건이었겠지만, 이런 골동품 박물관에서 부싯돌 부스러기나 이빨로 엮어 만든 목걸이 같은 만년 전시물을 쳐다보고 있으면 절로 한숨이 나온다. 나는 이런 물건들을 전시하는 게 참으로 바보 같은 짓이라고 예전부터 생각하고 있었다. 미래의 고고

학자들이 지금 우리가 쓰는 플라스틱 포크와 종이 접시를 전시하겠다고 달려드는 것과 무엇이 다르겠냐고 말이다.

모든 형국으로 보아 이 바누아투 출신 남자는 자기 나라 장식품 같은 것을 보고 내가 감동을 받지는 않을 것이라는 사실을 미리 감지하고 있었던 것 같다. 안됐지만 그 남자의 생각이 맞았다. 다만 그가 미처 예상하지 못한 게 하나 있다. 내가 이런 사실 자체에 끌리게 되리라는 사실 말이다.

더 자세히 들여다보고 있으니 카탈로그의 다른 디테일 하나가 눈길을 끌었다. 오세아니아 원시 예술의 반복적인 모티브는 얌*yam*인 것 같았다. 얌은 오세아니아의 고구마쯤 되는 참마인데, 오세아니아인들에게는 엄청난 숭배의 대상이었다. 여보시오들! 지금 이걸 읽으면서 비웃고 있을 양반들한테 내 경고하는데, 우리네 선사 시대 조상들도 먹을거리를 그렸단 말이오. 아니 그렇게 옛날까지 거슬러 올라가지 않더라도, 우리네 정물화를 들여다보면 먹을거리로 그득 차지 않습디까?

〈아무리 그래도 고구마는 좀!〉 하고 반박할 양반들에게는, 〈우리네 캐비아는 또 어떻습니까〉 하고 대답해 드리고 싶다. 먹을거리를 표현한 예술 작품들에서 반드시 발견되는 딱 한 가지 공통점이 있다면, 그것은 예술가(조각가, 화가 등등)들은 진귀한 요리를 고르지 절대 삼시 세 끼 밥상에 오르는 음식을 고르지는 않는다는 점이다. 이렇게 해서 라스코 동굴 사람들이 순록 고기만 먹고 살았다는 사실이 증명되었다. 또한 그렇기 때문에 성당의 찬란한 내벽에서는 순록 그림을 찾아볼 수 없는 것이다. 목숨을 의지하고 있는 빵보다는 멧새나 바닷가재를 추어올리기 좋아하는, 세월이 흘러도 무색한 인간의 배은망덕함이라니.

각설하고, 오세아니아인들이 그렇게 많이 그렸다면, 그것은 참마가 자신들에게는 축제 음식이고 참마 같은 덩이줄기 식물을 재배하는 것이 어렵기 때문이다. 만약 우리에게 감자가 귀한 작물이라면 퓌레를 먹는 것도 스노비즘이 될 것이다.

헌데 카탈로그를 들여다보면, 얌이든 다른 먹을거리든 바누아투 이름표가 붙어 있는 것은 눈 씻고 찾으려

해도 찾을 수가 없다. 의심의 여지가 없다. 바누아투인들이 음식을 열망하지 않았기 때문이다. 왜일까?

배고프지가 않아서이다. 바누아투인들은 한 번도 배가 고파 본 적이 없다.

한 가지 사실 더. 오세아니아 섬들을 통틀어 참마와 먹을거리를 가장 많이 표현한 곳은 뉴기니였다. 게다가 내 눈에는 이 섬의 예술 창작품들이 가장 풍부하고 생동감이 넘치면서 독창적으로 보였다. 비단 〈목구멍으로 넘어가는〉 소재들을 표현한 작품들뿐 아니라 정말로 정교하게 만들어진 창작물들까지, 매우 뛰어났다. 그렇다면 이러한 사실로부터 우선 이 사람들이 배가 고팠으며, 그 배고픔이 이들의 감각을 일깨웠다는 결론을 어떻게 이끌어 내지 않을 수 있겠는가?

우연치고는 너무도 절묘한 우연으로, 나는 얼마 전에 바누아투 출신을 세 명 만날 수 있었다. 외모가 정말 근사한 사람들이었다. 마치 바오밥나무 같았다.

바오밥나무 같은 골격과 탐스럽고 풍성한 머리숱, 그리고 이렇게 말해도 될지는 모르지만, 그 내려 감긴 채

끔벅거리는 커다란 눈 — 절대 비아냥조로 이렇게 말하는 게 아니다. 잠자는 게 무슨 흠도 아니고 말이지 — 과 시선을 가진 사람들이었다.

나는 이 세 사람이 있는 식사 자리에 끼게 되었다. 그 자리에 있던 다른 사람들은 식사를 했다. 즉 식욕이 있는 듯 보였고, 따라서 일정한 리듬으로 음식을 밀어 넣었다.

그런데 그 세 명의 바누아투인들은 음식에 손을 대는 둥 마는 둥 하고 있지 않은가. 무슨 금욕주의자라도 되는 듯한 모양새가 아니라 밥상을 막 물린 사람들 같이 보였다. 누군가 그들에게 음식이 마음에 들지 않느냐고 묻자, 그들 중 한 명이 아주 맛있다고 대답했다.

「그렇다면, 왜 식사를 안 하십니까?」

「배가 고프지 않아서요.」

그들이 거짓말을 하는 게 아닌 것은 분명했다.

다른 사람들은 충분한 대답이 되었다고 생각했는지 모르지만 나는 좀 더 깊숙이 수사를 진행했다.

「왜 배가 고프지 않으세요?」 내가 물었다.

이런 소재에 대해 자기를 정당화시켜야 하니 바누아

투인들 입장에서는 당연히 기분이 상할 수도 있었을 것이다. 하지만 그렇지 않았다. 그들 중 대변인쯤으로 보이는 사람이 내 질문이 답변할 가치가 있다고 생각한 모양이었다. 천천히, 배가 불러도 너무 부른 사람처럼, 노력이라는 단어와는 담을 쌓은 사람처럼 그가 말했다.

「바누아투에는 먹을 게 사방에 널려 있어요. 힘들여 생산할 필요가 전혀 없지요. 두 손을 뻗으면 한 손에는 야자열매가, 다른 손에는 바나나 송이가 쥐어집니다. 몸을 식히려고 바닷물에 들어가 봐요. 그러면 원하거나 말거나 맛이 기가 막힌 조개, 성게, 게, 그리고 속살이 야들야들한 생선을 그러모으게 됩니다. 숲 속에서 조금 산책이라도 해봐요. 새들이 아주 넘쳐 납니다. 둥지에 남아도는 새알을 꺼내 새들을 도와주지 않을 수가 없어요. 간혹 달아날 생각조차 안 하는 이 새들의 목을 비틀어 줘야 할 때도 있어요. 암멧돼지들은 젖이 남아돌아요. 돼지들 역시 영양 과다 상태니까요. 제발 좀 젖을 짜서 없애 달라고 우리에게 통사정을 하지요. 부탁을 들어주면 그제야 새된 울음소리를 멈춘답니다.」

그가 잠시 입을 다물고 조용히 있더니 한 마디 덧붙

였다.

「끔찍합니다.」

자기가 내뱉고 나서도 아연실색을 하더니 그가 이렇게 마무리를 지었다.

「바누아투에서는 언제나 이랬어요.」

세 남자는 서글픈 표정으로 서로를 쳐다보며 이 묵직하고도 전달 불가능한, 영속적인 과잉 풍요의 상태를 공감하고 있었다. 그러더니 짓누르는 듯한 침묵 속으로 침잠했다. 〈당신들은 그게 뭔지 모를 겁니다〉 하는 의미가 담겨 있는 침묵 속으로 말이다.

배고픔의 부재는 아직 아무도 연구 대상으로 삼은 적이 없는 비극이다.

연구자들의 관심을 끌지 못하는 다른 천덕꾸러기 질병들처럼, 배고프지 않음이라는 병도 호기심을 유발할 것 같지는 않다. 바누아투인들 빼고는 아무도 걸리지 않은 병이니 말이다.

우리 서구 사회의 영양 과다는 이것과는 전혀 다른 차원의 문제이다. 거리에만 나가 봐도 굶주린 사람들이 널려 있다. 그리고 먹고살기 위해, 우리는 일을 해야 한다. 식욕, 이건 우리들에게는 너무도 뿌리 깊은 것이다.

바누아투에는 식욕이라는 게 없다. 그곳의 유일한

안주인인 자연이 너무 모욕적으로 느끼지 않도록, 그냥 예의상 먹을 뿐이다. 바로 이 자연이 모든 것을 관장한다. 물고기, 이건 햇빛에 시뻘겋게 달구어진 돌에 올려 구우면 그걸로 끝이다. 물론 맛도 일품이다, 전혀 공도 들이지 않았는데 말이다 — 〈이건 반칙이야〉 하고 항의하고 싶어진다.

숲에서는 또 얼마나 오묘하고 기막힌 맛의 과일이 나오는지, 이런 과일에 비하면 우리네 양과자 따위는 저질에다 조잡하기까지 한데, 디저트를 개발할 이유가 어디 있겠는가? 야자유에 조개 즙을 섞어 놓으면 우리네 어설픈 즙 따위는 구역질 나는 마요네즈 수준쯤으로 떨어지는데, 굳이 무엇 때문에 소스를 개발하겠는가? 막 주운 성게를 하나 열어서 그 아찔한 날 속살의 맛을 즐기는 데는 아무 기술도 필요하지 않다. 이게 바로 식도락의 절정이 아니고 무엇이겠는가. 구아바 열매 몇 개가 어쩌다 구덩이 안으로 떨어져 그 안에서 푹 삭는 일도 생긴다. 코가 삐뚤어지게 술을 마실 기회까지 생기게 되는 것이다. 너무나 쉽다.

나는 이 곳간 같은 바누아투의 세 주민을 조금 관찰

해 보았다. 다정다감하고, 공손하고, 정중한 사람들이었다. 공격적인 느낌이라고는 조금도 주지 않는 사람들이었다. 뼛속 깊이 평화를 사랑하는 사람들을 대하고 있다는 느낌이 들었다. 하지만 다소 무기력한, 아무것에도 관심이 없는 사람들이라는 인상을 받았다. 이들의 인생은 끝없이 유유자적하는 삶이었다. 뭔가에 대한 추구가 빠져 있는 삶이었다.

바누아투와 반대인 곳을 찾아내기는 어렵지 않다. 다른 곳이 다 그러니까 말이다. 이런 곳에 사는 사람들에게는 반드시 역사적으로 기근을 겪은 경험이 있다는 공통점이 있다. 식량 부족, 이게 인연을 만든다. 사람들에게 서로 이야기할 거리를 제공하는 것이다.

주린 배의 챔피언은 단연 중국이다. 중국의 역사는 끊임없는 식량 재해와 이에 따른 대량 사망으로 점철되어 있다. 중국인이 같은 동포끼리 제일 먼저 물어보는 말이 〈식사하셨어요?〉일 정도이다.

중국인들은 먹기 불가능한 것을 먹는 방법을 배워야 했다. 바로 여기에서 타의 추종을 불허하는 요리 예술의 오묘함이 나오는 것이다.

이보다 더 찬란하고 이보다 더 영민한 문명이 과연 존재할까? 중국인들은 모든 것을 발명하고, 모든 것을 생각하고, 모든 것을 이해하고, 모든 것을 시도했다. 중국을 연구하는 것은 인간의 두뇌를 연구하는 것이나 다름없다.

그렇긴 한데 중국인들은 반칙을 했다. 약물 투여 상태였던 것이다. 그들은 배가 고팠다.

여러 민족 간의 위계를 정하려고 하는 소리가 아니다. 도리어 그 반대다. 중국인들의 가장 강렬한 정체성이 배고픔이라는 사실을 보여 주려는 것이다. 소위 자기 민족만의 고유한 특성이라는 것을 들먹이며 우리에게 지근거리는 사람들에게, 모든 나라는 배고픔을 중심으로 성립되는 방정식이라는 사실을 선포하려는 것이다.

모순이다. 외부 정복자들이 뉴헤브리디스를 넘보고 군침을 삼키지 않은 게 이 섬이 부족한 것 하나 없는 풍요로운 섬이었기 때문이라니 말이다.

이상하다. 식민 지배의 피해를 가장 많이 입은 나라

들이 단연 가장 부유하고, 가장 비옥하고, 가장 풍요로운 나라들이었다는 사실이 역사를 통해 셀 수 없이 입증되었으니 말이다. 맞는 말이지만 바누아투가 부유한 나라는 아니라는 사실은 짚고 넘어갈 필요가 있다. 부유함이라는 것은 노동의 결과물인데, 노동이라는 것은 바누아투에는 존재하지 않는 개념이다. 비옥함도 마찬가지이다. 그것은 인간이 경작을 했다는 가정하에서만 할 수 있는 이야기다. 하지만 뉴헤브리디스에서는 아무도, 한 번도, 아무것도 심어 본 적이 없다.

그러니까 땅에 눈이 시뻘건 하이에나들이 노리는 것은 엄밀하게 말해 낙원 같은 나라가 아니다. 이들이 찾는 것은 인간이 땅에 투자한 고된 노동, 다시 말해 배고픔의 결과인 것이다.

인간이 다른 생물과 같은 점은 바로 닮은꼴을 찾는다는 데 있다. 배고픔의 결실을 만나는 곳에서 비로소 인간의 귀에는 모국어가 들리고, 스스로 익숙한 세계에서 있다고 느낄 수 있는 것이다.

나는 침략자들이 뉴헤브리디스 땅에 발을 딛는 장면을 상상해 본다. 전혀 저항이 없다. 주민들의 태도는 도리어 〈마침 잘 왔소, 이 잔치를 끝내게 도와주시오, 더는 도저히 못 견디겠소〉 하는 식일 것이 틀림없다.

나머지는 인간사의 법칙 그대로이다. 주인이 내팽개친 밥그릇이라면 대신 챙겨 줄 가치가 있을 리 만무하다는. 이래도 좋고 저래도 좋고 하는 주민들이, 싸워 지킬 생각조차 않는, 아무것도 건설해 놓지 않은 이런 섬 따위에 골 싸매고 달려들 이유가 무엇이겠는가.

불쌍한 뉴헤브리디스! 이렇게 부당한 평가를 받아야 했으니 분통 터질 노릇이었을 것이다. 게다가 섬에 머무를 생각이 손톱만큼도 없는 사람들로부터 식민 지배를 받아야 했으니 더 원통할 노릇이었을 것이다.

지금 내가 매달리고 있는 문제는 나 자신과 결코 무관하지 않다. 바누아투에 내가 매료되는 이유는, 그곳에서 나와 반대되는 존재의 지리적 표현을 발견하기 때문이다. 배고픔, 이건 바로 나다.

물리학자들의 꿈은 단 한 가지 법칙으로 우주를 설명해 내는 것이다. 무척 어렵게 보인다. 한번 내가 우주라고 가정해 보자. 나는 배고픔이라는 유일무이한 힘으로 작동한다.

내가 배고픔을 독점하겠다는 건 아니다. 배고픔은 인간의 가장 보편적인 속성이 아닌가. 그래도 나는 감히 이 분야에서는 챔피언이라고 주장하고 싶다. 내 기억 속의 아무리 후미진 곳을 들춰 보아도 나는 항상 너무나 배가 고팠으니까.

나는 유복한 가정에서 자랐다. 우리 집에서는 뭐 하나 부족한 적이 없었다. 바로 이 때문에 내가 나의 배고픔에서 남과는 다른 점을 보게 되는 것이다. 내 배고픔은 사회적으로 설명 불가능하다.

여하튼 내 배고픔을 가장 광범위한 의미로 이해할 필요가 있다는 사실은 분명히 해두자. 음식에 대한 배고픔일 뿐이었다면 그다지 심각하지 않았을 수도 있으니까. 하지만 그런 게 있을까? 음식에만 배고픈 게? 보다 광범위한 배고픔의 징표가 아닌, 단순한 밥통의 배고픔이라는 게 있을까? 배고픔, 나는 이것을 존재 전체의 끔찍한 결핍, 옥죄는 공허함이라 생각한다. 유토피아적 충만함에 대한 갈망이라기보다는 그저 단순한 현실, 아무것도 없는데 뭔가 있었으면 하고 간절히 소망하는, 그런 현실에 대한 갈망이라고 말이다.

나는 오랫동안 내 안에서 바누아투를 발견하게 되기를 바랐다. 스무 살에, 고대 로마의 시인 카툴루스가 부질없이 스스로를 다독이며 〈그만 원하라〉고 말하는 시를 읽으면서, 그와 같은 시인도 해내지 못한 일이니 나는 더더욱 하지 못할 것임을 어렴풋이나마 알게 되었다.

배고픔, 이건 욕망이다. 이것은 열망보다 더 광범위한 열망이다. 이것은 힘으로 표현되는 의지가 아니다. 그렇다고 유약함도 아니다. 배고픔은 수동적인 게 아니기 때문이다. 굶주린 사람, 그는 뭔가를 찾는 사람이다.

카툴루스가 체념으로 스스로를 강제하는 것은, 바로 그가 체념하지 못하기 때문이다. 배고픔 속에는 스스로의 상태를 인정하고 받아들이지 못하게 하는 어떤 동력이 있다. 이것은 지독한 열망이다.

카툴루스의 열망은 사랑의 결핍이고, 사랑하는 여인의 부재로 인한 강박적 감성이니 완전히 다른 차원의 이야기가 아니냐고, 사람들은 내게 말할지 모른다. 하지만 내 언어는 여기에서 동일한 결을 느낀다. 배고픔은, 진정한 배고픔은, 벼락같이 느껴지는 식욕이 아니라 가슴을 풀어헤쳐 영혼의 본질을 빼내 오는 배고픔이요, 사랑으로 이어지는 길목이다. 위대한 연인들은 다 배고픔의 학교에서 배웠다.

배 속이 푸만하게 태어난 존재들 — 이런 사람들이 참 많다 — 은 수시로 느껴지는 이 초조함, 이 날선 기다림, 이 요동침, 이 비참함을 절대 모를 것이다. 인간의 인격은 생후 몇 개월간의 경험을 바탕으로 형성된다. 배고픔을 겪지 않은 인간에게는 두 가지 가능성이 있다. 특이하게 선민(選民)이 되거나, 아니면 결핍을 바탕으로 존재를 쌓아 가지 않는, 저주받은 인간이 될 수도 있다.

이것은 얀센주의에서 주장하는 은총 혹은 저주와 가장 비슷한 개념일 것이다. 어떤 사람들은 왜 주린 배를 가지고 태어나고 어떤 사람들은 왜 그들먹한 배를 가지고 태어나는지, 우리는 모른다. 로또 복권이다.

나는 대박을 터뜨렸다. 이런 운명이 부러워할 만한 것인지 어쩐지는 모르겠으나, 이 분야에서 내가 탁월한 능력의 소유자인 것만은 확실하다. 니체가 초월적 인간을 이야기하니 나는 초월적 배고픔이라는 표현을 쓸 수 있지 않을까 싶다.

초월적 인간, 나는 이건 아니다. 초월적으로 배고픈

자, 이건 누구보다 더 그렇다.

나는 늘 왕성한 식욕을 보였다. 특히 설탕에 대해서는 더욱 그러했다. 물론 밥통 차원의 배고픔에 한해서는 우리 아버지를 위시해서 나보다 한 수 위인 사람들을 여럿 보았다. 하지만 단 것에 관한 한 나는 일체의 경쟁을 불허한다.

쉽게 예상할 수 있듯이 이 배고픔이라는 것은 심각한 전염성을 보였다. 아주 어릴 적부터, 나는 내 손에는 뭐든지 감질나게만 쥐어진다는 느낌 때문에 늘 힘겨워했다. 초콜릿 바가 내 손에서 이미 사라지고 없을 때, 트랜스 상태도 없이 게임이 끝나 버릴 때, 이야기가 너무도 맨송맨송하게 끝나 버릴 때, 신나게 돌던 팽이가 멈춰 서 버릴 때, 이제 막 시작이라고 생각한 책인데 더 이상 넘길 페이지가 없을 때, 이때 내 속에서는 뭔가가 불끈 반란을 일으켰다. 이게 뭐야! 어쭈, 나를 잘도 속여 넘겼어!

감히 누구 뒤통수를 치려고 한 거야? 그깟 초콜릿 바 하나, 식은 죽 먹기 같은 게임 한 판, 아슬아슬한 고비도 없이 결론에 도달하는 이야기, 황당하게 멈춰 서 버리는 회전 운동, 아주 깜찍하게 팥으로 메주를 쑤려고 하는 책, 이런 시시한 걸 가지고 말이야?

이 정도로 우리를 배고프게 만들 생각이라면 달콤한 과자, 게임, 이야기, 장난감, 그리고 라스트 벗 낫 리스트*last but not least*, 책 같은 웅대한 이벤트는 만들 필요가 있다.

나는 여기에서 〈이 정도로〉라는 것을 강조하고자 한다. 나는 푸만함을 전적으로 옹호하고 싶지는 않다. 내 생각에는 우리의 의식에 열망이 설 자리가 어느 정도는 있는 게 더 좋을 것 같다. 하지만 아무리 그렇다고 해도 포만감을 느끼게 해주는 것과 나를 우롱하는 것 사이에는 간극이 있어도 너무 있지 않은가.

옛날이야기 같은 경우가 가장 명백한 예라고 할 수 있다. 입심 좋은 이야기꾼이 무(無)에서 근사한 이야기의 실마리를 끌어낸다. 그는 아무것도 없었던 바로 그 자리에 탁월한 역학을, 교묘한 내러티브적 장치를 설치한다. 그러면 드디어 우리의 의식에 군침이 살살 돈다. 백 척 길이의 장화가 나오는가 하면, 변신하는 호박, 고운 목소리와 폭넓은 어휘를 소유한 동물들, 달빛 드레스, 왕자라고 주장하는 두꺼비들이 등장했다. 도대체 무슨 이야기를 하려고 이걸 다 늘어놓는단 말인가? 나중에 보니 개구리가 진짜 왕자이더라, 그러니 개구리와 결혼해서 아들 딸 많이 낳고 잘 먹고 잘 살아야 한다는 이야기를 하려고?

이 사람들이 지금 누구한테 장난을 하는 거야?

이것은 음모였다. 그리고 음모 뒤에 감춰진 목적은 바로 좌절이었다. 〈사람들〉(누구일까? 나는 아직까지 누군지 알아내지 못했다)이 내 배고픔을 기만하려 하고 있었다. 이런 천인공노할 일이 있나. 안타깝게도 다른 아이들은 이런 상태에 만족을 느끼고, 더군다나 뭐가 문제인지 알지도 못하고 있다는 사실을 확인하는 순간, 내가 느꼈던 분노는 수치심으로 바뀌어 버리고 말았다.

이게 바로 유년기에 전형적으로 나타나는 수치심이다. 극도로 까탈스럽다는 사실에서 자부심을 느끼기는 커녕 그게 무슨 비난받아 마땅한 유별난 성질이라도 되는 듯 생각하는 것이다. 자기 또래 집단과 비슷하게 보이는 게 이상적이라고 생각하기 때문이다.

까탈스러움, 그래, 바로 이거야. 양과 질을 대립시키는 고루한 방식은 참으로 어리석을 때가 많다. 초월적으로 배고픈 사람의 식욕은 더 왕성할 뿐 아니라 더 까탈스럽다. 다다익선(多多益善)의 가치 체계가 여기에도 통한다. 위대한 연인들은 알고, 편집증적인 예술가들도 알 것이다. 절정에 이른 섬세함의 이면에는 넘치는 풍요로움이 존재한다는 사실을.

나는 이 분야의 전문가이다. 설탕에 굶주린 작은 계집애. 나는 끊임없이 먹을 것을 찾아 헤맸다. 단 것을 찾아다니는 것은 내 식의 성배(聖杯) 찾기였다. 엄마는 이런 내 열정을 나무라고 제지했다. 그리고는 내가 간절히 원하던 초콜릿 대신 치즈나 삶은 달걀, 사과 따위를 쥐어 주며 나를 후려 보려 했다. 하지만 나는 치즈를 보면 피가 거꾸로 솟았고, 삶은 달걀을 쥐어 주면 분노했으며, 밍밍한 사과 따위에는 눈길도 주지 않았다.

내 배고픔은 이런 얕은 수에 넘어가지 않았을 뿐 아니라 이 때문에 한층 악화되었다. 원치 않는 것을 손에 쥐고 나니 배고픔은 더 심해지기만 했다. 배는 무척 고픈데 음식은 강제로 먹어야 먹는, 상당히 비상식적인 상황에 처하게 되었다.

변질된 초월적 배고픔은 닥치는 대로 아무것에나 군침을 삼킨다. 하지만 타고난 그대로의, 저지당하지 않은 초월적 배고픔은 무엇을 원하는지 너무도 잘 알고 있다. 최상의 것, 황홀한 것, 눈부신 것을 원한다. 그리고 어떤 쾌락의 영역에서든지 이것을 발견하려고 한다.

내가 단 것을 못 먹게 한다고 불평을 하면, 엄마는 〈한때 그러다 말거다〉라고 말했다. 판단 착오였다. 나에게는 해당되지 않는 이야기였다. 내 손으로 음식을 먹을 수 있는 나이가 되자 나는 기다렸다는 듯이 단 과자만 먹기 시작했다. 그리고 지금도 여전히 마찬가지이다. 마치 몸에 딱 맞는 옷을 입은 느낌이다. 내 몸이 지금처럼 건강한 적이 없었다. 늦다고 생각할 때가 가장 빠른 때랍니다.

〈지나치게 단〉, 이 표현은 〈지나치게 아름다운〉 또는 〈지나치게 사랑에 빠진〉 같은 표현처럼 터무니없어 보인다. 지나치게 아름다운 것은 없다. 단지 아름다움에 대한 갈증이 미미한, 인간의 지각이 있을 뿐이다. 더 이상 내게 바로크와 고전주의를 대비시켜 말하지 않았으면 좋겠다. 절제의 의미 바로 한가운데서 분출되는 풍요를 보지 못한다면 지각 능력이 빈약한 사람일 것이다.

「배고파.」 엄마가 주는 목이 메는 음식을 거부하면서 내가 말했다.

「아니, 넌 배가 고프지 않아. 배가 고프다면 엄마가 주는 걸 먹겠지.」 수천 번은 들은 이야기였다.

「배고프다고!」 내가 항의했다.

「약이 되는 병이야.」 어김없이 나오는 엄마의 결론이었다.

이렇게 일언지하에 거절당하고 나면 나는 늘 어리둥

절했다. 병이 약이 된다니. 어찌 이럴 수가!

나중에 나는 〈병〉이라는 단어의 어원을 알게 되었다. 그것은 〈말을 하기 힘듦〉이란 뜻이었다. 환자는 뭔가를 말하는 게 힘든 사람이다. 그래서 그의 몸이 병이라는 형식을 빌려서 대신 이야기를 해준다. 사람이 말을 할 수 있으면 더 이상 고통스럽지 않게 될 것이라고 가정하는, 환상적인 생각이다.

배고픔이 약이 되는 병이라면, 어떤 약이 되는 이야기를 해야 내 병이 나을까? 배고픔이라는 병에는 도대체 어떤 신비가 숨어 있는 것일까? 더는 이렇게까지 설탕의 유혹을 느끼지 않으려면 도대체 어떤 수수께끼를 풀어야 할까?

서너 살 때에는, 나 스스로에게 이런 질문을 던지지 못했다. 하지만 부지불식중에 해답을 찾기 위한 암중모색을 하고 있었다. 나는 몸이 달아 있었다. 내가 이야기를 지어내기 시작한 것도 이때부터였다.

네 살 아이에게 이야기란 어떤 의미인가? 이것은 삶, 그리고 격렬한 감정의 농축액이다. 감금당한 공주가 고문을 당한다. 버려진 아이들은 비참하고 궁핍한 상황으로 내몰린다. 영웅은 하늘을 날 수 있는 능력을 받는다. 개구리들이 나를 삼키고 나는 개구리 배 속에서 깡충깡충 뛴다.

유년기가 그 천부적 재능의 원천이었던, 시인 랭보가 〈끔찍하게 밍밍한〉 동시대인들의 시를 혐오스럽게 떠올리며 요구하는 것은 어린아이가 요구하는 것과 똑같다. 강렬한 것, 아찔한 것, 끔찍한 것, 역겨운 것, 이상야릇한 것을 요구하고 있는 것이다. 한마디로 〈우리의 열망에는 절묘한 음악이 부족하다〉.[4]

내가 지어낸 이야기들의 줄거리는 이야기의 형식에 비하면 부차적이라고까지 할 수 있다. 비록 한 번도 활자화된 적은 없지만 그렇다고 내 이야기의 형식을 구비(口碑)적이라고 보는 것은 적절치 않다. 왜냐하면 내 머릿속 중얼거림은 한 번도 음성화된 적이 없기 때문이다. 그렇지만 순전히 의식 속에만 머무른 이야기도 아니었다. 내 이야기들에서는 소리가 절대적으로 중요했기 때문이다. 그것은 무성(無聲) 케이블의 진동이고, 순전히 두뇌의 리듬일 뿐인 제로 데시벨의 소리이고, 열

4 랭보의 시 「이야기」에서 인용함.

차 한 대 지나가지 않는 황량한 지하철역에서 들리는 소리였다. 이런 소리 없는 포효를 통해 우리의 의식이 가장 격렬하게 전율한다.

내 이야기의 스타일은 파닥거림이었다. 안간힘을 쓰며 공주가 잡혀 있는 공포의 땅을 찾아내려는 왕자가, 자연에서 생존을 위한 양식을 훔쳐 오는 아이들이, 위태위태한 영웅의 비상(飛上)이, 내가 배 속에 들어가 살고 있던 개구리의 소화가, 파닥거리는 움직임이었다. 이런 파닥거림이 바로 내 안에서 이야기를 하고 있는 나를 의식 분리 상태로 만들었다.

몰래 뒤지고 다닌 끝에 단 과자, 마시멜로, 생쥐 모양 젤리라도 발견하게 되면 나는 혼자 숨어서 정신 나간 듯이 장물(臟物)을 우물거렸다. 쾌락의 절박함에 사로잡힌 내 뇌가 누전을 일으켰다. 내 엑스터시의 전압이 너무 높아 전기 계량기의 규격을 넘어서 버리고 말았던 것이다. 나는 황홀감 속으로 몸을 담그며 뜨겁게 솟구치는 이 느낌의 수원(水源)으로 끝까지 거슬러 오르고자 했다.

우리 아버지가 이 세상에서 제일 바쁜 사람만 아니었어도, 그가 긴장된 표정으로 몰래 부엌을 뒤지며 음식을 찾는 모습이 내 눈에 더 자주 띄었을 것이다. 만성적으로 과식을 하는 아버지에게 식사 시간이 아닐 때에는 음식에 손을 대지 못하게 하고 있었기 때문에, 부엌에 있는 음식은 당연히 금지의 대상이었다. 아주 드물게 아버지가 과식증에 빠져드는 모습을 관찰할 기회가 있었는데, 그때마다 아버지는 빵이든 땅콩이든 손의 부끄러운 내용물을 닥치는 대로 한 움큼 움켜쥐고 도망을 가버리고 말았다.

아버지는 음식의 순교자이다. 배고픔은 먼저 외부에서 강제로 그에게 주입되었다. 이렇게 생겨난 아버지의 배고픔은 나중에는 외부로부터 영원히 제지당했다. 섬세하고 예민하며 약골이던 아버지는 애정이라는 이름의 공갈 협박 아래 강제로 음식을 먹어야 했다. 그러다 보니 여성 가해자들(특히 자신의 외할머니)의 대의에 동조하게 되었고, 결국에는 광활한 우주를 위(胃)에 새겨 놓게 되었다.

사람들이 아버지에게 아주 추잡한 수를 쓴 것이다.

아버지에게 음식에 대한 강박증을 억지로 심어 놓고는, 막상 이런 강박 증세가 실제로 나타나자 죽는 날까지 다이어트를 시켰다. 우리 불쌍한 아버지는 이런 부조리한 운명의 피해자였다. 아버지의 인생은 제지당하는 인생이었다.

아버지는 뭐든지 마파람에 게 눈 감추듯 먹어 치운다. 전혀 씹지도 않고, 어찌나 조바심을 내는지, 먹는 행위에서 도통 기쁨 같은 것은 느끼지 않는 사람처럼 보인다. 사람들이 아버지를 사람 사는 재미가 뭔지 아는 사람이라고 평가하는 걸 들으면 언제나 놀랍기 그지없을 따름이다. 아버지의 풍만한 외모에 속아서 하는 이야기다. 아버지는 현재를 즐기지 못하는, 좌불안석의 화신이었다.

엄마는 성급하게 내가 아버지와 똑같다는 결론을 내렸다. 유사한 점이 발견되는 곳에서 동일함을 본 것이다. 세 살 때, 나는 복작복작하는 부모님의 손님들을 맞으면서 〈나는, 파트리크예요〉 하고 나른하게 말했다. 사람들은 경악했다.

사실은, 엄마가 세 아이들을 소개할 때 막내 차례가

오면 항상 〈그리고 얘는, 파트리크예요〉 하고 끝내는 바람에, 내가 너무 익숙한 나머지 선수를 쳤을 뿐이다. 이렇게 해서 치마를 입고 곱슬머리를 길게 길렀으면서도 내 이름은 파트리크가 되었다.

엄마의 실수 때문에 나는 화가 났다. 나는, 나는 내가 파트리크가 아니라는 것을 너무나 잘 알고 있었다. 내가 남자가 아니기 때문만은 아니었다. 내가 실제로 엄마보다 아버지를 더 닮은 것은 사실이지만 아버지와 나 사이에는 그래도 근본적인 차이가 존재했기 때문이다.

아버지는 영사라는 직업을 가진 게 아무 소용도 없는 사람이었다. 아버지는 노예였다. 우선 그는 그 스스로의 노예였다. 나는 아버지만큼 스스로에게 일, 노력, 성과, 그리고 의무를 요구하는 사람을 여태껏 본 적이 없다. 아버지는 음식을 먹는 방식에 있어서도 노예였다. 끊임없이 배고파하고, 애간장을 태우며 음식을 기다렸다. 초음속으로 음식을 집어삼키는 모습을 보면, 실제로는 그렇지 않은데도 굶주린 사람처럼 보였다. 마지막으로, 아버지는 나로서는 도저히 이해할 수 없는, 아버지 나름의 인생관의 노예였다. 어쩌면 무관점이 아버지의 인생관이었는지도 모르겠으나, 그래도 그 인생관에서 벗어나지를 못했다.

엄마가 아버지를 쥐고 흔들며 살지는 않았지만 음식의 노예인 아버지를 관리하는 일을 맡았던 것은 분명하다. 바로 엄마가 영양 섭취에 관한 권력을 쥐고 있는 사람이었다. 이런 상황은 다른 가정에도 흔히 있는 일이지만, 나는 우리 부모에게 있어서는 이 권력이 훨씬 막대한 영양을 끼쳤다고 생각한다. 엄마의 경우는 꼭 집어내기 힘들지만 두 분 모두 영양 섭취에 있어서는 강박 증세를 보였다.

하지만 나는 노예와는 정반대였다. 나는 신이었으니까. 나는 우주를 다스렸다. 그리고 무엇보다 특권 중의 특권인 쾌락을 다스렸고, 온종일 짜릿짜릿한 쾌락의 기회를 만들어 냈다. 내가 먹는 설탕의 양을 엄마가 제한했지만 그건 문제가 되지 않았다. 희열을 느낄 기회는 널려 있었다. 내가 그 순간을 촉발하기만 하면 되었다.

아무리 그래도 나는 엄마가 나를 아버지와 동일시하는 게 사뭇 거슬렸다. 아버지는 닮은꼴이 하나 생기는 게 어찌나 기뻤던지, 엄마의 입장에 동조하면서 엄마처럼 내가 자기와 똑같다고 선언했다. 두 분의 생각이 착각이라는 사실을 증명해 보일 수 없었기에, 나는 머릿속에서 발만 동동 구르고 있었다.

내가 누군지, 어떤 사람이라고 믿고 있는지 두 분에게 통보하고 싶었던 것 같다. 나는 질풍노도이고, 존재 자체이며, 무(無)존재의 분명한 부재이며, 최고 유량에 도달한 강(江)이며, 존재의 분배 장치이며, 붙잡고 애원해야 하는 힘이었다.

내가 이런 확신을 갖게 된 것은 〈파이프의 형이상학〉에서 언급한 이유 때문이기도 하지만 초월적 배고픔 때문이기도 했다. 나는 초월적 배고픔을 앓고 있는 사람이 나밖에 없다는 사실을 깨닫게 되었다. 아버지는 음식에 걸신이 들린 사람이고, 엄마는 영양 섭취에 강박증이 있는 사람이며, 위의 두 형제들은 주변에 있는 다른 사람들처럼 정상이었다. 나만 유일하게 초월적 배고픔이라는 보물을 가지고 있었다. 여섯 살 때부터는 막연한 수치심의 원인이 되기도 했지만, 서너 살 때는 있는 그대로 받아들여지던, 그래서 내가 남들보다 우월

하고 선택받았다는 표시라고 생각하게 만들던, 너무나 소중한 보물이었다.

초월적 배고픔은 단순히 더 많은 쾌락을 즐길 수 있는 가능성을 말하는 것이 아니었다. 희락(喜樂)이라는 원칙 자체, 바로 무한(無限)을 소유한다는 의미였다. 나는 웅대한 결핍의 광맥을 이루었고, 그래서 모든 것이 내 손 안에 있었다.

엄마는 나를 제지할 필요가 있다고 생각했다. 내가 바로 아버지였고, 아버지는 제지해야 마땅한 사람이었기 때문이다. 〈네가 아빠처럼 되지 않게 하려는 거야〉 하고 엄마는 말했다. 비논리적이다. 엄마의 논리에 따르면 나는 이미 파트리크였으니 말이다.

더군다나 아버지는 특별히 설탕에 끌리지 않았다. 게다가 전혀 신성(神性)을 주장하지도 않았다. 이런 확연한 차이가 있는데도 엄마는 내가 아버지와 근본적으로 다르다는 사실에 눈을 뜨지 못했다.

혹시라도 신이 음식을 먹는다면 설탕을 먹을 것이다. 나는 사람이나 동물을 제물로 바치는 것을 항상 터무니없는 일이라고 생각했다. 사탕이나 한 무더기 안기면 아주 좋아할 텐데 뭣 때문에 그렇게 피를 낭비한담!

좀 더 세련될 필요가 있다. 단 과자 속에는 형이상학 비슷한 게 있다. 나는 오랜 연구를 통해 다음과 같은 사실을 확인하게 되었다. 신(神)적인 음식, 이건 바로 초콜릿이다.

나는 이와 관련된 과학적 증거를 수도 없이 제시할 수 있다. 유일하게 초콜릿에만 들어 있는 성분인 테오브로민이라는 단어의 어원만 봐도 명백히 알 수 있다.[5] 하지만 자꾸 이것저것 증거를 제시하면 내 스스로 초콜릿을 모욕하고 있다는 인상을 받게 될 것 같다. 초콜릿의 신성은 그야말로 말이 필요 없는 것이다.

입안에 아주 맛있는 초콜릿을 넣고만 있어도 신을 믿게 되고, 더 나아가 신의 존재를 느낄 수 있지 않을까? 신, 신이 초콜릿 자체라는 이야기는 아니다. 초콜릿과 초콜릿을 음미할 능력이 있는 입천장의 만남, 그것이 바로 신이다.

5 테오브로민의 그리스어 어원인 *theobroma*는 〈신의 음식〉이라는 뜻이다.

신, 이는 쾌락 상태 혹은 잠재적 쾌락 상태의 나였다. 그러니까 늘 나였던 셈이다.

나는, 부모님이 내 신성(神性)을 의식적으로 깨닫지는 못해도, 두 분 뇌의 어느 부분에선가 이 사실을 어렴풋하게나마 감지하고 받아들이고는 있구나, 하는 느낌을 가끔 받을 때가 있었다. 나는 특별한 지위를 누렸다. 그래서 내가 취학 연령이 되었을 때 부모님은 나를 오빠와 언니가 다니던 미국 학교에 넣지 않았다. 부모님은 골목 끝에 있던 요치엔(幼稚園), 즉 일본식 유치원에 나를 등록시켰다.

이렇게 해서 나는 탐포포구미(민들레반)에 발을 내딛게 되었다. 유니폼을 받았다. 블루 마린 치마, 블루 마린 재킷, 블루 마린 베레모와 어깨에 메는 조그만 책가방이었다. 여름에는 이 복장이 텐트처럼 몸을 덮어 버리는 스목과 끝이 뾰족한 밀짚모자로 바뀌었다. 지붕을 덮어 입은 느낌이었다. 나는 여러 층짜리 집이었다.

겉보기에는 다 앙증맞아 보이는데, 속은 비열했다. 나는 첫날부터 요치엔을 향해 끝도 없이 혐오감을 느꼈다. 민들레반은 육군 훈련소였다. 전쟁을 하라면, 좋다. 하지만 호각 소리에 맞춰 무릎을 뻣뻣이 펴고 걸으면서 여선생으로 변장한 하사들의 카랑카랑한 목소리에 복종하는 것, 이건 내 존엄성에 상처를 내는 일이었고, 다른 아이들의 존엄성에도 분명히 상처를 입히는 일이었을 것이다.

유치원에서 나만 유일하게 일본인이 아니었다. 하지만 내 동급생들이라고 해서 유치원의 상황을 기꺼이 받아들였을 것이라고는 이야기하지 않겠다. 더군다나 특정 민족이라고 해서 노예근성이 배어 있을 것으로 지레짐작하는 것은 아주 천박한 상상일 테니까 말이다.

사실 나는 다른 아이들도 나와 똑같이 느꼈을 것이라고, 우리 모두 쇼를 했던 것이라고 생각한다. 당시의 사진들이 이런 사실을 입증해 주고 있다. 사진 속의 나는 친구들과 함께 웃고 있고, 바느질 시간에 얌전하게 바느질을 하고 있다. 일부러 건성건성 해치우는 중이던 내 작품 위로 눈을 내리깔고 있다. 하지만 나는 민들레반에서 내가 무슨 생각을 했는지 너무도 또렷이 기억하고 있다. 나는 끊임없이 분개하고, 분노했으며, 동시에 겁에 질려 있었다. 여교사들이 온화한 성품의 내 보모 니쇼상과는 너무나도 반대인 사람들이어서, 나는 그들을 증오했다. 곱살한 교사들의 얼굴이 또 다른 배신처럼 느껴졌다.

기억나는 장면이 하나 있다. 하사 한 명이 짤막한 동요 한 곡에 아주 목숨을 걸고 나선 적이 있었다. 그녀는 우리가 완벽한 화음으로, 착하고 방실 웃는 우리 민들레반 어린이들의 기쁨을 목청 높여 활기차게 표현하는 이 노래를 불렀으면 하고 바랐다. 나는 단박에 이 노래를 부르는 것은 카노사의 굴욕이나 다름없다고 판단했다. 그래서 학교생활이 흡족한 척했던 것처럼 그 노래도 합창 효과를 이용해 부르는 척했다. 내 입은 성대의 협조를 전혀 받지 않고도 가사를 읊조렸다. 나는 이 술수를 아주 자랑스럽게 여기며 편리한 명령 불복종 방식이라고 생각했다.

선생님이 내 약은 수를 눈치챈 게 틀림없었다. 하루는 이렇게 말하는 게 아닌가.

「오늘은 노래 연습을 다른 식으로 해보겠어요. 어린이 각자가 자기 차례가 오면 민들레반가를 두 소절씩 부르고 나서 옆 친구에게 차례를 넘기는 거예요. 이런 식으로 끝까지 가보겠어요.」

이때만 해도 내 머릿속에서 즉각 경보가 울리지는 않았다. 나는 규칙을 깨고 이번에는 진짜로 노래를 부르리라 결심했다. 하지만 서서히, 내가 가사를 전혀 모르고 있었다는 사실을 인식하게 되었다. 내 뇌에서 얼마나 민들레반가를 거부했으면 가사를 단 한 단어도 저장해 두지 않았을까. 나는 입만 뻥끗뻥끗 하고 있었고, 내 입술은 입 밖으로 소리를 만들어 내보내기는커녕 가사를 그럴싸하게 흉내 내지도 못하고 있었다. 내 입술은 그저 무정부 상태의 침묵 속에서 제멋대로 움직이고 있을 따름이었다.

그사이 노래는 가차 없이, 마치 도미노 이론처럼 전진하고 있었다. 지진을 제외하고 나를 구해 줄 수 있는 유일한 상황은 내 차례가 오기 전에 나처럼 그동안 입만 뻥끗뻥끗 하고 있었던 또 다른 아이가 돌발 등장하는 것이었다. 나는 숨을 쉴 수가 없었다.

하지만 나 말고 다른 고약한 꼬마는 없었다는 게 증명됐고, 운명의 시간은 어김없이 다가왔다. 나는 입을 벌렸다. 하지만 아무 소리도 나오지 않았다. 그때까지

경쾌하게, 입술에서 입술로 완벽한 리듬을 타며 흘러오던 민들레반가는 내 이름이 새겨진 침묵의 심연으로 추락하고 말았다. 선생님을 위시해 모든 눈이 내 쪽으로 쏠렸다. 선생님은 짐짓 친절을 가장하면서, 별로 대수롭지 않은 기억력의 공백 때문에 일어난 일이라고 믿는 척했다. 그리고 내가 부를 소절의 첫 단어를 찔러주면서 내가 다시 노래의 흐름을 타게 만들려고 했다.

소용없음. 나는 마비되었다. 나는 그 단어를 따라 말할 수조차 없었다. 너무나 토하고 싶었다. 선생님이 자꾸 종용했지만 전혀 성과가 없었다. 선생님이 내게 단어 하나를 더 양보했지만 부질없음. 선생님이 내게 목이 아프냐고 물어보았지만 나는 아무 대답도 하지 않았다.

선생님이, 내가 무슨 말을 하는지 알아듣겠냐고 물을 때는 정말 최악이었다. 선생님은 이런 방식으로 만일 내가 일본인이었으면 이런 문제는 생기지 않았을 것이라고, 내가 만일 자기네 나라 말을 할 줄 알았다면 다른 애들처럼 노래를 부를 수 있었을 것이라고, 암시하고 있었다.

나는 일본어를 할 줄 알았다. 단지 그 순간 증명해 보일 수 없었을 따름이다. 목소리를 잃어버렸으니까. 이것 또한, 나는 말을 할 수 없었다. 그리고 나는 민들레들의 눈에서 이런 끔찍한 표현을 읽었다. 〈우리가 어떻게 여태까지 쟤가 일본 사람이 아니라는 걸 몰랐을까?〉

이 사건은, 당연히 우수한 자국 민들레들만 한 능력이 없는 이방인 꼬마에게 선생님이 잔인한 너그러움을 베푸는 것으로 끝이 났다. 벨기에산 민들레, 이건 덜떨어진 민들레임에 틀림없었다. 그렇게, 다음 아이는 내가 부르지 못한 소절을 노래했다.

나는 유치원을 증오한다는 이야기를 차마 집에서는 하지 못했다. 이야기를 했다면 아마도 나를 미국 학교로 전학시켰을 것이고, 그렇게 되면 내 독특함의 가장 확연한 표시가 사라져 버렸을 테니까 말이다. 게다가 이때 나는, 오빠와 언니가 영어로 말을 하면 내가 전혀 알아듣지 못한다는 사실까지 알고 있었다. 이것은, 내가 이해하지 못하는 언어가 있다는 사실은, 나에게는 정말 환장할 지적 발견이었다.

그러니까 나에게 문을 걸어 잠근 어떤 종류의 언어가 있었던 것이다. 나는 이 새로운 동사(動詞)의 땅을 쉽사리 정복하겠노라고 생각하는 대신 이놈의 땅을 신성

모독 죄에 처했다. 이놈의 단어들이 대체 무슨 권리로 나에게 저항을 한다는 말인가? 절대로 내가 먼저 머리를 조아려 그놈들의 땅으로 들어가는 열쇠를 구걸하는 일은 없으리라. 그놈들이 내가 있는 곳까지 올라와야, 내 머리의 성벽과 내 이빨의 장벽을 통과하는 무한한 영광을 누릴 수 있을 것이다.

나는 오직 한 가지 언어, 불본어(佛本語)만 말했다. 불본어를 두 가지 언어로 구별한다면 경박함이라는 죄를 범하는 것일 뿐 아니라, 어휘나 통사론 같은 디테일 차원에 머무르고 마는 것이다. 이런 하찮은 요소들 때문에 소리의 라틴성이나 문법의 정확성 같은 것, 또 두 언어를 보다 고차원에서 하나로 묶어 주는 형이상학적 동질성, 예를 들어 혀끝에서 살살 녹는 그 오묘한 맛 같은 객관적 공통점을 놓치지는 말아야 한다.

어떻게 불본어에 배가 고프지 않을 수 있겠는가? 마디마디 똑똑 떨어지는 음절에 선명한 음색의 단어들, 이건 바로 초밥이요, 입안으로 쏙 들어오는 프랄리네요, 언어라는 네모 하나하나가 쉽게 똑똑 떨어지는 판초콜릿 같았다. 그것은 마치 특별한 예식 때 차에 곁들여 먹는 과자처럼 개별 포장이 되어 있었다. 포장지를 하나하나 벗길 때의 그 행복함, 각양각색의 맛을 즐기면서 느끼는 그 기쁨이라니.

나는 영어라는 너무 푹 익은, 이빨 사이로 쉭쉭 새는 소리가 나는 퓌레 같은 언어, 입에서 입으로 씹어 돌린 추잉검 같은 언어에는 배가 고프지 않았다. 영미어에는 날 것, 센 불에 살짝 익힌 것, 튀긴 것, 찐 것이 없다. 그저 삶은 것만 있을 따름이다. 영미어에서는, 녹초가 된 사람들이 둘러앉아 입도 뻥긋하지 않고 음식만 꾸역꾸역 밀어 넣으면서 밥을 먹을 때처럼, 거의 분절 없이 말을 한다. 이것은 문명화하지 못한 죽 같았다.

우리 오빠와 언니는 미국 학교를 무진장 좋아했다. 나도 거기에 다녔으면 나름대로 자유롭고 편안했을 것이라는 생각이 들게 하는 몇 가지 이유가 있었다. 하지만 나는 여전히 푹 삶은 언어를 쓰며 놀러 가는 것보다는 감칠맛 나는 언어를 쓰며 군복무를 계속하는 쪽을 택했다.

무척이나 빨리, 나는 해결책을 찾았다. 유치원에서

도망을 치면 되는 것을.

절차는 간단했다. 오전 열 시의 쉬는 시간을 기다렸다가, 볼일이 아주 급한 척을 하고는, 화장실에 들어가서, 변기를 발 받침대 삼아 창문을 열었다. 가장 멋진 순간은 허공으로 도약하는 순간이었다. 나는 영웅주의에 한껏 부풀 대로 부풀어 올라, 간이 출구를 향해 전속력으로 질주했다.

길로 나서는 순간부터 알싸한 취기가 돌기 시작했다. 세상은 내가 매일 산책을 하면서 보던 세상과 다르지 않았다. 산속에 있는 70년대 초의 일본 마을일 따름이었다. 하지만 나의 도주라는 은총을 입어 이제 더 이상 예전의 우리 동네가 아니었다. 그곳은 나의 정복지였다. 이 영토는 내 반란으로 인한 도취로 들썩들썩하고 있었다.

이때 내가 발견한 것의 이름은, 가장 구체적인 의미에서의 자유였다. 나는 더 이상 유치원의 다른 도형수들과 함께 쇠사슬에 묶여 있지 않았고, 심지어는 내 보모의 살가운 보호 아래 있기조차 않았다. 내 멋대로 아무것이나 할 수 있다는 생각을 하니 날아갈 것만 같았다. 길 한가운데 드러눕고, 하수구 속으로 뛰어들고, 집들을 가리는 높다란 담장의 기와 위를 걸어다니고, 산속 조그만 호수까지 기어올랐다. 그 자체로는 전혀 특별한 게 아니었을 이런 행동들이, 내가 누리는 자유 덕분에 숨 막히도록 아찔한 위용을 떨쳤다.

대부분은, 나는 아무것도 하지 않았다. 길가에 앉아서 주변에서 일어나는 우주의 변화를 지켜보았다. 내 용맹함 덕분에 신화적인 과거의 전설적 면모를 회복한 우주의 모습을 말이다. 이렇게 슈쿠가와의 조그만 기차역은 하얀 히메지(姬路) 성처럼 숭고해졌고, 가장 보편화된 일본의 미덕인 철로는 교외에 사는 악동에게 길을 내주었다. 하수구는 기사들조차 건너기 두려워하는 성난 강물로 변했고, 산들은 가파르게 치솟아 도저히 넘을 수 없을 것 같아 보였다. 풍경이 적대적일수록 아름다움은 더해졌다.

내 머리는 넘쳐흐르는 찬란함으로 뱅글뱅글 돌았고, 두 다리는 무훈의 흥분을 가라앉히라고 어느새 나를 집에 데려다 놓았다.

「벌써 왔어?」

니쇼상이 깜짝 놀라 물었다.

「응. 그게 조금 일찍 끝나더라고, 오늘은.」

그런데 〈그게〉 수상하리만치 규칙적으로, 조금씩 더 일찍 끝나기 시작했다. 니쇼상은 나를 너무 존중했기 때문에 사건의 수사를 더 이상 진전시키지는 않았다. 하지만, 아뿔싸! 어느 날 여하사 한 명이 내 실종 사건들을 전하기 위해 우리 집으로 찾아온 것이 아닌가.

집에서는 갑작스런 사태에 기분이 상했다. 나는 순진함을 가장했다.

「나는 그게 열 시에 끝난다고 생각했지.」

「앞으로 다시는 그렇게 생각하지 마.」

하루에 네 시간은 민들레로 남아 있는 수밖에 다른 도리가 없었다.

다행스럽게도, 나한테는 오후 시간이 남아 있었다. 빈둥거리면서 보내는 이 시간에 나는 배가 고팠다. 유치원과 유치원의 호각 소리가 나를 좌지우지한다는 생각이 끔찍하게 싫었던 만큼, 온전히 나만의 시간을 갖게 되는 것이 너무도 좋았다. 여선생이 들고 있는 깃발 뒤로 줄을 지어 걸어야 하는 것은 분명 잔인한 운명이었다. 하지만 정원에서 활과 화살을 가지고 놀다 보면 내 진정한 본연의 모습이 무엇인지 알게 되었다.

다른 재미난 일도 있었다. 니쇼상과 같이 세탁기에서 빨래를 꺼내고, 니쇼상이 말리려고 널어놓은 빨래를 입으로 핥는 일이었다. 입안 가득 향긋한 세제의 맛을 느끼기 위해, 나는 침을 질질 흘리며 깨끗한 시트를 아작아작 물어뜯었다.

내가 이렇게 좋아하는 모습을 보고 사람들이 내 네 살 생일에 건전지로 작동하는 미니 세탁기를 선물했다. 장난감 세탁기에 물을 채우고, 가루 세제를 한 숟갈 넣은 뒤 손수건을 넣으면 되었다. 세탁기를 닫고 버튼을 누른 뒤 내용물이 돌아가는 모습을 쳐다보았다. 그다음에 문을 열어 세탁물을 꺼내었다.

그러고 나서는 그냥 멍청하게 손수건을 꺼내, 말리지 않고, 그걸 입안에 넣고 잘근잘근 씹었다. 나는 비누의 맛이 다 사라지고 나서야 손수건을 뱉었다. 이렇게 되면 침 때문에 손수건을 다시 빨아야 했다.

나는 니쇼상에게, 우리 언니에게, 그리고 엄마에게 배가 고팠다. 그녀들이 나를 팔에 안아 꼭 감싸 주어야 했다. 나를 향한 그녀들의 눈길에 배가 고팠다.

나는 아버지의 시선에는 배가 고팠지만 아버지의 팔에는 배고프지 않았다. 나와 아버지의 관계는 어디까지나 정신적이었으니까.

나는 내 또래 아이들에게 배고프지 않았던 것처럼 우리 오빠에게도 배가 고프지 않았다. 그렇다고 이들에게 무슨 악감정이 있었던 것은 아니다. 단지 이들이 나에게 어떤 식욕도 불러일으키지 못한 것뿐이다.

인간에 대한 나의 배고픔은, 그러니까 행복한 것이었다. 내 판테온에 있는 세 여신들은 나에 대한 애정을 거부하지 않았고, 아버지는 내게 주는 눈길을 거부하지 않았으며, 나머지 인간들은 뭐 그다지 많이 거치적거리지 않았다.

내가 니쇼상에게 애원도 하고 아양도 떨면 사탕이나 조그만 우산 모양 초콜릿이 나왔고, 가끔씩은 심지어, 오! 기적이여, 우메수도 나왔다. 알코올은 설탕의 절정이요, 설탕이 지닌 신성(神性)의 증거이자, 그 삶의 최절정이 아니던가.

매실주, 그것은 몸에 얼큰히 퍼지는 시럽이었다. 세상에 이보다 더 좋은 게 어디 있겠는가.

니쇼상은 차마 나에게 우메수를 자주 주지는 못했다.

「애들이 마시는 게 아니야.」

「왜?」

「취하거든. 어른들이 마시는 거야.」

이게 무슨 괴상한 논리람. 취하는 거, 나는 벌써 그게 뭔지 아는데, 내가 얼마나 좋아하는 건데. 왜 이게 어른들의 전유물이어야 하냐고?

금기 사항이라고 해서 심각하게 여기지는 않았다. 슬쩍 에돌아가면 되지 무슨 문제람. 설탕을 향한 정열과 마찬가지로, 나는 이번에도 몰래 숨어서 알코올을 향한 내 정열을 불태웠다.

우리 부모님은 직업상 세속적인 측면이 있었다. 집에서는 수없이 칵테일파티가 열렸다. 내가 꼭 있을 필요가 있는 자리는 아니었다. 하지만 원하면 가볼 수는 있었다. 내가 〈저는요, 제 이름은 파트리크예요〉 하고 말하면 사람들은 감탄을 했다. 그러고 나서는 더 이상 나한테 신경을 쓰지 않았다. 이렇게 간단히 요식 절차를 마무리한 후 나는 바로 갔다.

내가 반쯤 차 있는 상태로 여기 저기 뒹구는 샴페인 잔을 집어 드는 모습은 아무도 보지 못했다. 단박에, 거품이 보글보글한 금빛 와인은 내 절친한 친구가 되었다. 싸아 소리를 내며 톡 쏘는 이 한 모금 한 모금, 이 나비 무도회의 맛, 너무나 빨리 너무도 살짝 오는 이런 취기, 이상적이었다. 삶이라는 게 꽤 괜찮았다. 손님들은 떠났지만 샴페인은 남았다. 나는 목구멍 안으로 남은 술을 털어 넣었다.

나는 환상적으로 취해, 정원으로 나가 빙글빙글 돌았다. 그래도 내가 하늘보다는 덜 돌고 있었다. 우주의 회전이 너무도 생생하게 눈에 보이고 너무도 온몸에 와 닿아서, 나는 엑스터시 상태에서 소리를 질렀다.

가끔 유치원에서 숙취를 느낄 때가 있었다. 벨기에 민들레는 다른 민들레보다 더 비뚤비뚤, 요상한 박자로 걸어 다녔다. 유치원 측에서 나에게 실시한 테스트에서 부정맥을 앓고 있다는 사실이 밝혀졌다. 이 병 때문에 앞으로 내가 몇몇 멋진 직업은 가질 수 없다고 했다. 아무도 알코올 중독이 내 장애의 원인이라고 짐작하는 사람은 없었다.

유아 알코올 중독을 미화시킬 생각은 없지만 나한테 그게 문제가 된 적은 한 번도 없었다는 사실만은 지적하고 싶다. 내 유년기는 내 열정들을 아주 잘 받아들였다. 나는 유약한 애가 아니었다. 약골인 내 몸이 초월적 배고픔에 점점 단련되어 갔다.

그 시절의 나는 엄청나게 기형적으로 생겼었다. 해변에서 찍은 사진이 그것을 증명해 준다. 흐느적거리는 어깨 위에 올라 앉은 거대한 머리, 길게 축 늘어진 팔, 너무 큰 몸통, 작디작은 게 비썩 마르기까지 한 안짱다리, 푹 꺼진 가슴, 심각한 척주 변형으로 앞으로 돌출된, 풍선처럼 부풀어 오른 배. 불균형이 내 몸의 모토였다. 나는 마치 기형아 같았다.

그래도 상관없었다. 니쇼상은 내가 아주 예쁘다고 했고, 나는 그거면 충분했다.

집에서는, 엄마와 언니가 연출하는 인간의 아름다움으로 포식했다. 엄마는 익히 알려진 절색이요, 사람들

속에서 빛을 발하는 계시 종교였다. 마치 조각상 앞에라도 서 있는 것처럼, 나는 엄마 앞에서는 입을 다물지 못했다. 하지만 나는 엄마보다 접근이 용이한 줄리에트 언니의 예쁘장한 외모에 훨씬 더 탐닉했다. 언니는 나보다 두 살 반 위였다. 여리여리하고 아리따운 몸에 살포시 걸쳐진 자그맣고 매혹적인 머리, 그 섬세함, 요정의 머리카락, 가슴 저미도록 상큼한 그 표정. 피예트 파탈[6]이라는 말이 더할 나위 없이 어울렸다.

아름다움은 아무리 소비해도 변질하지 않았다. 내가 몇 시간이고 엄마를 쳐다봐도 괜찮았다. 내가 언니를 빨아들일 듯이 쳐다보고 나서도 언니에게서는 조그만 살점 하나 떨어져 나가지 않았다. 산과 숲, 그리고 하늘과 땅에서 느끼는 쾌락도 마찬가지였다.

6 *fillette fatale*. 팜므 파탈의 소녀형.

초월적 배고픔은 초월적 갈증을 포함한다. 나에게서는 이내 갈수증이라는 대단한 속성이 발견되었다.

알코올을 끔찍이 좋아한다고 해서 물을 경배하지 말라는 법은 없다. 내가 너무도 친근하게 느꼈던 물이라는 존재는 알코올과는 또 다른 차원의 갈증에 화답해 주었다. 알코올이 화상(火傷), 전쟁, 춤, 강렬한 자극과 같은 필요에 부응해 주었다면, 물은 내 목구멍 안에 들어 있는 태고의 사막에게 속닥속닥 환상의 약속을 해주었다. 내가 목으로 무엇이라도 삼키고 나면, 지독하게 척박한 땅이 나타난다, 나는 수천 년 전부터 나일 강의 범람을 기다리고 있는 강둑을 만난다. 이 최저 수위의 강을 발견하고 나서부터 나는 항상 갈증을 느꼈다.

신비주의 텍스트들은 채워지지 않는 갈증으로 차고 넘친다. 그런데 여기서는 갈증이라는 것이 은유 차원에 그치고 말아, 나로서는 살짝 열을 받을 노릇이다. 실제로 위대한 신비주의자는 샘물이든 신의 말씀이든 손바닥으로 몇 모금 마시고 나면 그것으로 끝이었다.

나는 은유와는 전혀 다른 차원의 갈증을 경험하게 되었다. 갈수증 증세가 나타나면 이 세상이 끝날 때까지라도 마실 수 있을 것 같았다. 끊임없이 새로 솟아 나오는, 물맛이 최고였던 절간의 샘물에서, 나는 쉬지 않고 나무 국자에 물을 채워 수천 번을 거듭난 기적을 마셨다. 딱 한 가지 제약이 있다면 그건 내 용량이었다. 그래도 정말 엄청난 용량이기는 했다. 요 조그만 들통 안에 얼마나 많이 들어갈 수 있는지 아마 상상도 못 할 것이다.

물이 내게 건네는 이야기는 가히 환상적이었다. 〈원하면 다 마셔도 좋아. 너에게는 단 한 모금도 거부하지 않으마. 그리고, 네가 나를 이토록 사랑하니, 나도 네게 은총을 베푸마. 언제든지 나를 원해도 좋다는 은총을 말이다. 물을 마시면 갈증이 사라지는 불쌍한 인간들과 달리, 너는 나를 마시면 마실수록 나에 대한 갈망이 커져만 갈 것이다. 그 갈망을 충족시키는 데서 느끼는 기쁨이 더욱 생생해져만 갈 것이다. 위대한 운명의 힘으로 나는 너의 선량한 주인이 되었다, 너에게는 절대적인 관대함을 베풀리라. 두려워하지 말라, 아무도 너에게 그만하라고 말하지 않을 테니. 계속하여라, 나는 너의 특권이다, 제한 없이 네게 나를 주는 것은, 숙명이다, 나에게 기쁨을 줄 만큼 커다란 갈증이 있는 너에게만 오로지 나를 주는.〉

물에서는 샘의 돌 맛이 났다. 그 맛이 얼마나 좋던지, 입안 가득 항상 물이 차 있지만 않았으면 고함이라도 질렀을 것이다. 그 차끈하게 파고드는 느낌으로 내 목구멍이 파르르 떨렸고, 눈에서는 눈물이 나왔다.

문제는 신도들이 자주 지나다녀 하나밖에 없는 나무국자를 빌려 주어야 한다는 사실이었다. 방해를 받는 것도 짜증이 나는데 그것도 별것 아닌 일로 방해를 받으니 정말 열에 받혔다. 사람들은 큼지막한 국자에 흐르는 물을 채우고 나서 한 모금만 마시고는 나머지는

다 버렸다. 이만 한 건 그래도 양반이었다. 물을 바닥에 뱉어 버리는 사람들을 보면 아주 가관이었다. 이런 모욕이 있나.

신도들이 샘물에 들리는 것은 신도(神道) 사원에 기도하러 가기 전에 거치는 일종의 정결 의식일 뿐이었다. 하지만 나에게는 사원이 곧 샘물이었고, 샘물을 마시는 것 자체가 기도이자 신성에 대한 직접적인 접근이었다. 마실 수 있는 물이 그렇게 많은데 무엇 때문에 한 모금의 신성에 만족하겠는가? 여러 가지 아름다움이 있지만 그 가운데 물이 가장 기적에 가까운 아름다움이다. 그것은 유일하게 우리가 눈[目]으로만 소비하지 않는 아름다움이요, 아무리 소비해도 줄어들지 않는 아름다움이었다. 물은 내가 몇 리터씩 들이켜도 항상 그만큼이 또 남아 있었다.

물은 갈증을 달래 주었다. 스스로는 변질하지 않으면서, 그리고 내 갈증도 변질시키지 않으면서 말이다. 물은 내게 관념이나 개념으로서가 아니라 경험으로서의, 진정한 무한을 가르쳐 주었다.

니쇼상은 확신도 없이 기도를 했다. 나는 그녀에게

신도라는 종교에 대해 설명해 달라고 했다. 그녀는 주저했다. 그러더니 장황한 연설로 골치를 썩일 필요가 없다는 결론을 내린 듯, 이렇게 대답했다.

「원리는 있지, 아름다운 건 다 신이라는 거야.」

대단했다. 나는 니쇼상이 더 열렬한 신자가 되지 않은 게 놀라웠다. 나중에, 내 눈에는 못생기게만 보이는 천황이 지고의 아름다움으로 추앙되는 것도 이 원리에 따른 것임을 알게 되었다. 그러자 내 보모의 신앙심이 왜 흐슬부슬했는지 이해가 되었다. 하지만 당시에는 이런 사실을 모르고 있었던 터라, 즉시 이 원리를 체화했다. 내가 물이라는 신성(神性)을 체화했던 것처럼.

일시적인 체화. 집으로 돌아오면 나는 화장실에 터를 잡고 앉아, 샘물이 되었다.

우리 엄마와 아버지는 천주교 신앙 속에서 자랐는데, 내가 태어나면서 이 신앙을 버렸다. 여기서 인과관계를 발견한다면 나로서는 명예롭게도 끔찍한 일일 것이다. 그렇다고 나의 출현이 부모님의 신비주의 상실과 전혀 상관이 없다고 한다면, 이것 또한 유감스럽겠지만 말이다. 어쨌든 두 분이 일본을 발견하게 된 것이 결정적 계기였다.

우리 부모님은 어렸을 때부터 기독교, 그중에서도 천주교가 하나밖에 없는 우수하고도 진정한 종교라고 들어왔고, 이런 교리가 머리에 박혀 있었다. 이런 두 사람이 간사이에 도착했고, 기독교로부터 전혀 영향을 받지 않았는데도 너무나 숭고하기만 하던 한 문명과 조우하게 되었다. 두 사람은 지금까지 종교에 대해 배운 것은 다 거짓이라고 판단하여, 문제의 싹까지 아예 싹둑 잘라 버리고 말았다. 이렇게 해서 두 분에게서는 일체의 신비주의적 흔적이 사라지게 되었다.

하지만 두 분 다 성서에 아주 해박하다 보니, 이야기 속에 끊임없이 성서 구절이 튀어나왔다. 고기잡이의 기적이니, 보디발의 아내니, 사렙다 과부의 기름이니, 빵의 기적이니 하는 것이 수시로 여기저기서 튀어나왔다.

비록 유령 같은 존재로 변했지만 여전히 내 생활의 일부를 차지하고 있던 성서가 나를 매료시키지 않을 리가 없었다. 더군다나 성서를 읽다가 들킬지도 모른다는 그 짜릿한 두려움이라니. 「너 지금 『탱탱』을 읽지 않고 신약성서를 읽고 있니!」 나는 『탱탱』은 아주 재미있게 읽었고, 성서는 달가운 두려움에 떨며 읽어 내려갔다.

잘 아는 길을 따라가고 있었는데 갑자기 낯선 곳이 나타날 때, 그때 내가 느끼던 느낌을 연상시키는 공포감, 나는 바로 이 공포감을 즐겼다. 그 미지의 땅에서는 어두컴컴한 소리가 쩌렁쩌렁 울려 퍼지면서 내게 이런 음침한 말을 건넸다. 〈기억해, 내가 살고 있다는 것을, 네 속에 사는 게 바로 나라는 사실을.〉 두 눈이 바르르 떨리며 번쩍 뜨였다. 단 한 가지 확실한 것은, 그때 말하던 어둠이 내게 낯선 존재는 아니었다는 사실이다. 그 어둠이 신이었다면, 신이 내 안에 살기 때문이고, 그게 신이 아니었다면, 신이 아닌 그 무엇, 내게는 신과 다름없는 그 무엇을 내가 만들어 낸 것이다. 이깟 호교론 따위 어차피 내게는 별 의미도 없었다. 늘 샘물에 목말라 하는 나라는 존재 안에 바로 신이 있었으니까. 사그라지지 않는 엑스터시에 이를 때까지 수천 번을 들어주고, 수천 번을 채워 줘도 결코 식지 않는 뜨거운 기다림의 갈망 속에, 절정을 맞은 쾌락의 순간에 최고조에 달하는 욕망의 기적 속에, 바로 신이 있었다.

그러니까 나는, 신으로부터 나라는 존재를 배제시키지 않고 신을 믿었던 것이다. 집에서 이 문제를 곱지 않은 시선으로 바라보고 있다는 사실을 알았기 때문에, 식구들한테는 말도 꺼내지 않았다. 이것은 내가 침묵 속에 품고 있던 비밀스러운 신앙이었다. 신도(神道)와 교배된 일종의 초기 기독교적 신앙이라고나 할까.

갑자기, 삶이 난항을 예고했다. 나는 언젠가 내가 일본을 떠나리라는 것을 알고 있었고, 그것은 당연히 엄청난 시련이 될 것이었다. 네 살이니, 나는 이미 신성한 나이를 지났고, 따라서 더 이상 신성한 존재가 아니었다. 여전히 그렇다고, 니쇼상은 나를 설득하려 들었지만 말이다. 내 깊숙한 내면에서야 내가 신과 같은 부류라는 느낌을 여전히 생생하게 간직하고 있었지만, 유치원이든 다른 곳에서든, 다른 사람들의 눈에는 내가 평범한 부류에 합류한 것으로 비친다는 증거가 매일같이 확보되었다. 시간의 흐름이 애당초부터 난파의 색을 띠고 있었다.

나는 민들레들 사이에 친구가 없었고, 친구를 만들겠다는 생각을 해보지도 않았다. 도미노 합창 사건 이후 민들레반이 나를 곁눈질로 쳐다보았지만 나는 전혀 개의치 않았다.

유감스럽게도 더 이상 도망을 칠 수 없었기 때문에, 괴롭지만 다른 아이들 사이에 섞여 쉬는 시간을 보내야 했다. 나는 비는 그네가 하나 생기면 냅다 뛰어가서 아이들과 멀찌감치 떨어져 앉았고, 그때부터 그 자리에서 꼼짝도 하지 않았다. 아이들이 아주 탐을 내는 전략적 거점이었기 때문이다.

하루는, 내가 그네에서 늘쩡늘쩡 뭉그적거리고 있는데 적들이 사방에서 나를 포위해 오는 게 보였다. 민들레반 아이들뿐이 아니었다. 유치원 아이들 전체가 나를 에워싸고 있었다. 슈쿠가와 지방의 세 살에서 여섯 살배기는 너 나 할 것 없이 모며, 냉담한 표정으로 나를 관찰하고 있었다. 공범이라도 되는 것처럼 그네가 멈춰 섰다.

아이들 무리가 내게 달려들었다. 저항해도 아무 소용이 없을 것 같았다. 나는 주니가 난 록 스타처럼 저항

없이 잡혀 주었다. 아이들이 나를 땅에 내려놓자 임자를 알 수 없는 손들이 내 옷을 벗겼다. 암흑 같은 정적이 흘렀다. 내가 발가벗겨지자, 아이들은 사방에서 주의 깊게 나를 관찰했다. 코멘트도 한 마디 없었다.

여하사 한 명이 벼락같이 소리를 지르며 달려왔다. 그리고 내 상태를 보더니 아이들에게 고래고래 소리를 질렀다.

「왜 이랬니?」 화가 난 그녀가 부들부들 떨며 아이들에게 물었다.

「개가 구석구석이 다 허연지 보고 싶어서요.」 즉석 대변인이 말했다.

분개한 여선생이 이건 아주 못된 짓이라고, 너희들이 조국의 얼굴에 먹칠을 했니 어쩌니 하면서 아이들에게 소리를 질렀다. 그러고 나서 누워 있는 내 나체를 향해 다가오더니, 무릎을 꿇고 앉아, 아이들에게 내 옷을 돌려주라고 명령했다. 한 마디 말도 없이, 누구는 양말 한 짝을, 누구는 치마를 다시 가져왔다. 군자금을 반환해야 하니 조금은 유감이지만, 군기가 잘 잡힌 심각한 표정으로 명령에 따랐다. 내 옷이 돌아오는 대로 선생님이 하나씩 다시 입혀 주었다. 나는 양말 한 짝만 신은 채 발가벗고 있다가, 한 짝을 더 신게 되고, 또 치마까지는 입고 다른 곳은 발가벗은 상태가 되었다가 하면서 결국에는 최초의 구조물 모양새를 회복할 수 있었다.

애들은 사과하라는 명령도 받았다. 이들은 싸늘하게 무관심한 나를 향해 다 같이 한목소리로, 특별 군법회의의 〈고멘나사이(미안합니다)〉를 합창했다. 그러고 나서 또 무슨 짓을 벌이려는지, 저쪽으로 달아났다.

「괜찮니?」 여하사가 내게 물었다.

「네.」 나는 거만하게 대답했다.

「집에 갈래?」

나는 〈그거야 언제나 대환영이지〉 하고 생각하면서 그러겠다고 했다. 유치원에서 엄마에게 전화를 걸었더니 엄마가 나를 데리러 왔다.

엄마와 니쇼상은 힘든 일을 겪고도 냉정하게 대처하는 내 모습을 보고 경탄을 금치 못했다. 그런 모욕을 당하고도 별달리 충격을 입은 것 같아 보이지 않았던 것이다. 마음속으로는, 나를 괴롭힌 사람들이 만일 어른이었다면 내 반응도 달랐을 것이라고, 어렴풋이 생각하고 있었다. 하지만 이번 경우는, 또래 아이들이 나를 발가벗겼으니, 이거야 전쟁 때 겪는 수많은 위험 중 하나일 뿐이지 않겠냐고 생각했다.

다섯 살이 되는 것은 참혹한 일로 드러났다. 벌써 2년도 훨씬 전부터 내 머릿속을 막연히 짓누르고 있던 두려움이 급작스럽게 구체화되었다. 우리가 일본을 떠나게 된 것이다. 베이징으로 이사를 한다고 했다.

이런 비극을 일찌감치 예감은 하고 있었지만, 막상 닥치고 나니 속수무책이었다. 나는 전혀 준비가 되어 있지 않았다. 사람이 세상의 종말에 대비하는 게 어디 가능한 일인가? 니쇼상과 헤어지고, 이 완벽의 세계로부터 잡아 뜯겨져 나가는 것, 미지를 향해 떠나는 것, 이 모두가 구토를 할 일이었다.

나는 절대적 혼돈의 느낌 속에서 떠나기 직전의 시간

들을 보냈다. 50년 전부터 예고된 대지진을 두려워하며 사는 이 땅의 사람들이, 임박한 비극에 대해서는 아무 생각이 없었다. 이 몸이 그렇게 멀리 튕겨 나가게 되니, 땅이 미리 알고 들썩들썩 흔들린 게 아닐까? 내 마음속 공포감은 끝이 없었다.

운명의 시간이 다가왔다. 공항으로 출발하는 차에 타야 했다. 니쇼상은 집 앞에서 맨 땅에 무릎을 꿇고 앉았다. 그녀는 나를 팔에 안고, 마치 자기 새끼를 안듯이 꽉 껴안아 주었다.

내가 차에 타고, 차 문이 닫혔다. 나는 창문 밖으로 니쇼상을 내다보았다. 여전히 무릎을 꿇은 채, 이마를 땅바닥에 대고 있는 그녀의 모습을. 그녀는 내 시야에서 사라질 때까지 그 자세로 있었다. 그리고, 니쇼상은 더 이상 없었다.

이렇게 내 신성의 역사는 막을 내렸다.

공항에서, 일본인 어머니를 잃었다는 상실감에 얼마나 괴로웠던지, 나는 고국 땅이 우리가 탄 비행기를 언제 하늘로 뱉어 냈는지도 제대로 몰랐다.

비행기가 포물선을 그리며 동해, 한국을 지나 외국 땅인 중국에 내렸다. 이때부터 일본이 아닌 다른 나라는 내게 이렇게 모두 외국 땅으로 인식되었다는 사실을 명시해 두어야 할 것 같다.

1972년의 중화 인민 공화국도 나름대로 열과 성의를 다하긴 했지만 그래도 내게는 여전히 낯선 외국 땅이었다.

이 항시적인 공포와 의심의 세계가 내게는 낯설었다.

문화혁명 말기이던 당시에 중국인들이 겪어야 했던 잔혹한 경험을 내가 조금이라도 한 것은 아니지만, 또 어린 나이 덕분에 우리 부모가 느끼던 끝이 없는 혐오감을 느끼지 않아도 됐지만, 나는 그래도 마치 태풍의 눈 속에서 사는 것처럼 베이징에 살고 있었다.

우선 개인적인 이유에서 보면 중국이라는 나라는 일본이 아니라는 것부터가 잘못이었다. 더군다나 일본과는 정반대라는 치명적인 결점까지 지녔다. 나는 새파란 산을 떠나 사막을 만났다. 베이징의 기후였던 고비 사막을 말이다.

내 땅은 물의 땅이었는데 중국이라는 나라는 가뭄이었다. 그곳의 공기가 얼마나 퍼슬퍼슬한지, 숨 쉬는 게 고통스러울 정도였다. 습기와의 유리는 이내 내가 전에는 한 번도 앓아 본 적이 없는, 하지만 이때부터 평생 내 충실한 동반자가 되어 버린 천식의 발견으로 이어졌다. 낯선 외국에서 사는 것은 호흡기 장애였다.

내 땅은 자연과 꽃과 나무의 땅이었고, 내 일본은 산속 정원이었다. 베이징은 콘크리트에 관한 한 도시가 만들어 낼 수 있는 가장 추하고, 가장 집단 수용소적인 면모를 보여 주었다.

내 땅에는 새, 원숭이, 물고기, 다람쥐가, 제 흐름에 따라 자유롭게 살았다. 베이징에는 죄수 같은 동물만 있었다. 무거운 짐을 진 당나귀, 거대한 수레에 단단히 묶인 말, 그리고 우리는 감히 말을 건넬 수조차 없던, 굶주린 중국인들의 눈에서 다가온 죽음을 읽는 돼지.

내 땅은 니쇼상의 땅이었다. 온화함이고, 사랑이 스민 팔이며, 입맞춤이던 내 일본인 어머니의 땅이었다. 여자들과 어린아이들의 일본어, 소리로 승화된 부드러움의 언어를 사용하는 내 니쇼상의 땅이었다. 베이징에서는, 아침마다 내 머리카락을 잡아당기는 게 유일한 일이던 체 동무가 4인방 시대의 언어를 구사했다. 이것은 일종의 안티-만다린어로, 괴테의 독일어와 대비되는 히틀러의 독일어를 연상시키는 중국어였다. 입안에서 따귀 때리는 소리 같은 게 나는, 만다린어의 악성 변종이었다.

내가 지금 다섯 살짜리 어린애의 판단 속에서 어떤 예리한 정치적 분석을 읽어 내겠다는 가당찮은 생각을 하고 있는 건 절대 아니다. 나는 당시 중국 정권의 참혹함을 한참 후에 시몽 레이의 책을 읽으면서야, 그리고 당시에는 금지되었던 행위, 즉 중국인들과 이야기를 나누면서야 깨달을 수 있었다. 1972년에서 1975년까지, 길을 가는 행인에게 말을 거는 것은 그를 감옥에 보내겠다는 이야기였다.

이해는 하지 못하고 있었다 해도, 나는 당시의 중국을 몸으로 살고 있었다. 마치 기나긴 「요한의 묵시록」의 과정처럼, 이 〈요한의 묵시록〉이라는 단어가 내포하는 모든 메스꺼움과 환희를 한꺼번에 느끼면서 말이다. 요한의 묵시록적인 경험은 권태와는 정반대이다. 세상이 무너져 내리는 모습을 지켜보고 있으면 안타까움만큼이나 재미도 느낀다. 항시적 혐오감은 장관(壯觀)처럼 느껴지고, 난파의 광경은 강장제 같은 놀이다. 특히 우리가 다섯 살에서 여덟 살 사이일 때는 말이다.

정치 선전에서는 뭐라고 떠들어 대든 간에, 그 시절의 베이징은 배가 고팠다. 살인적인 기근이 휩쓸고 지나가던 주변의 농촌보다는 사정이 나은 편이었지만, 그래도 수도 베이징에서의 삶에서 가장 핵심적인 부분은 양식을 구하는 일이었다.

일본은 풍성함과 다양함의 나라였다. 중국인 요리사 장 씨는 베이징 시장에서 허구한 날 배추와 돼지기름만 구해 왔는데, 이것도 무척 힘든 일이었다. 그는 예술가였다. 돼지기름으로 하는 배추 요리를 매일 다채로운 방식으로 선보였다. 문화 혁명이 중국인들의 많은 재주 가운데 하나인 장인적 요리 솜씨까지 뿌리 뽑지는 못한 것이다.

장 씨 아저씨는 가끔씩 기적을 만들어 냈다. 어쩌다 설탕을 구하면 불에 달궈서 근사한 캐러멜 조각(彫刻)을 만들어 내거나 바구니, 아삭아삭한 리본을 뽑아내 나를 열광하게 만들었다.

요리사가 딸기를 구해 왔던 날이 기억난다. 딸기의 맛이야 내가 일본 시절부터 진작 알고 있었던 것이고, 지금까지도 종종 딸기를 맛보는 대단한 행운을 누리고 있다. 하지만 내가 지금 하려는 이야기는 진실이다. 베이징의 딸기는 진짜 으뜸 중 으뜸이다. 딸기의 맛이 오묘함의 정수(精髓)라고 한다면, 베이징의 딸기 맛은 오묘함 속의 숭고함 그 자체이다.

내가 그동안은 모르고 지내던, 타인에 대한 배고픔을 발견하게 된 것이 다름 아닌 중국에서였다. 더군다나 야릇하게도 다른 아이들에 대한 배고픔이었다. 일본에서는 사람에 대한 배고픔을 느낄 짬이 없었다. 니쇼상이 내게 넘치도록 채워 주던 사랑의 당도가 얼마나 높던지, 더 많은 애정을 요구해야겠다는 생각이 한 번도 든 적이 없었다. 게다가 나는 유치원의 꼬마들에게는 아주 냉담했다.

베이징에서는, 니쇼상이 그리웠다. 그렇다면 이 그리움이 내 식욕을 일깨운 걸까? 그럴 수도 있다. 다행히 우리 엄마, 아버지, 그리고 언니는 애정에 관한 한 쩨쩨하지는 않았다. 하지만 이들의 애정도 고베의 여인이 내게 보여 주었던 그 열정적 사랑과 숭배를 대신할 수는 없었다.

나는 사랑을 쟁취하기 위해 나섰다. 이를 위해서는 제일 먼저 사랑에 빠져야 했다. 오래가지 않아 내게 사랑이 찾아왔고, 이 끔찍한 사건으로 당연히 내 배고픔은 배가되었다. 하지만 이 사랑은 꼬리를 물고 이어지는 내 사랑의 파괴 행렬의 시작일 뿐이었다. 이 사건이 황폐한 중국 땅에서 벌어졌다는 사실에는 어떤 의미가 있다. 내가 번영과 평안의 나라에 있었다면, 어쩌면 반란의 지경까지 허기를 느끼지는 않았을지도 모르니까 말이다. 영화 속 가장 아름다운 키스 장면을 전쟁 영화에서 보게 되는 것과 같은 이치다.

베이징은 또 나에게 한 가지 흥미로운 정보를 발견하게 해주었다. 우리 아버지는 이상한 사람이었다.

아버지는, 우리끼리 있을 때는 당시의 중국 정권에 대해 서슴지 않고 있는 대로 욕을 해댔다. 사실 악랄하기로 치자면 4인방은 전설에 가까운 수준이었다. 마오쩌둥의 부인 장칭과 그의 일족은 그야말로 저열함의 극치였다. 이 쓰레기들의 판테온에서는, 억겁이 지나도록 누구 하나 이들에게 감히 찍 소리도 내지 못했다.

이런 정부와 접촉하고 협상까지 벌여야 하는 것이 외교관이라는 직업을 가진 아버지의 숙명이었다.

내가 예전에 본 아버지는 항상 배가 고픈 모습이었

다. 하지만 정권의 관료들과 중국식으로 연회를 하고 돌아오는 때만은 예외였다. 그야말로 이런 날은 입으로도 귀로도 너무 입력이 과한 나머지, 집에 돌아온 아버지가 적잖이 흉감스러웠다. 〈내 앞에서 다시는 먹는 이야기 같은 건 꺼내지도 마라!〉, 또는 〈4인방 이야기는 앞으로 나한테 다시는 꺼내지도 마!〉 하면서 말이다. 상대 부족을 배 터지게 먹이는 것을 전술의 일환으로 여겼던 원시 부족의 향연에서처럼, 대화 상대자를 술과 음식으로 취하게 만드는 게 4인방의 전략 같아 보였다.

하지만 가끔씩은 아버지가 이런 저녁 식사를 하고도 혐오감 없이 돌아올 때가 있었는데, 그것은 바로 저우언라이 총리와 함께 이야기를 할 기회가 있을 때였다. 아버지는 저우언라이 총리를 무척 존경했다. 그 사람이 악덕 정부의 총리라는 것 따위는 문제가 되지 않는 것 같았다. 그러니 나로서는 이해하기 어려운 노릇이었다. 사람이 좋은 사람 아니면 나쁜 사람, 둘 중 하나이지, 어떻게 한꺼번에 둘 다가 될 수 있단 말인가.

그런데 저우언라이 총리가 바로 그런 사람이었다.

연대를 짚어 보면 알 수 있다. 어떤 사람들에게는 배신자적 능력으로 비치는, 그만이 가진 어떤 능력이 없었다면 1949년에서 1976년까지 중화 인민 공화국의 총리를 지낼 수는 없었을 것이다. 우리는 그에게서 영리함을 능가하는 또 다른 자질도 발견할 수 있다. 유연함이라는 위대한 미덕을 말이다. 그가 사상 최악의 정부에 각료로 참여했던 것은 사실이다. 하지만 그가 없었다면 더 심한 해악을 끼쳤을지도 모르는 중국 정부의 광기를 완화시킨 주역이 또 그였다.

선과 악을 초월해 역사를 만들어 간 인물이 있다면 그게 바로 저우언라이 총리일 것이다. 심지어는 그를 신랄하게 비방하는 사람들도 그가 지닌 지혜의 폭과 영향력에 대해서는 인정을 하니까 말이다.

아버지가 저우언라이 총리에게 그토록 열광하는 모습을 보면서 나도 이런 저런 생각을 하게 되었다. 내 능력을 벗어나는 정치적 판단 같은 것은 차치하고, 나는 당혹스러움을 느꼈다. 나를 낳아 준 아버지가 도무지 이해할 수 없는 사람이라는 사실, 그리고 그런 아버지가 옳다는 사실을 알게 된 것이 당혹스러웠다.

아버지의 인격만이 아니었다. 중국이라는 나라는 내게 갖가지 복잡함을 접하는 기회를 주었다. 나는 일본에서는 인류가 일본인, 벨기에인, 그리고 곁다리로 내가 아주 드물게 만날 기회가 있던 미국인으로 구성되어 있다고 믿었다. 중국에 와서는 이 리스트에 중국인뿐 아니라 프랑스인, 이탈리아인, 독일인, 카메룬인, 페루인, 이 밖에도 더 깜짝 놀랄 만한 다른 국적들을 추가해야 한다는 사실을 알게 되었다.

프랑스인들의 존재를 발견한 것도 재밌는 일이었다. 그러니까 이 지구 상에는, 나와 거의 비슷한 말을 쓰면서도 그 명칭은 독식해 버리는 민족이 있더란 말이다. 이들 나라의 이름은 프랑스였고, 중국과 아주 멀리 떨어져 있는데도 학교를 가지고 있었다.

이제 일본 유치원 시절은 끝났으니 이 학교 이야기를 하는 것이다. 내가 처음으로 본격적인 교육 제도에 편입된 것은 베이징의 프랑스 소학교에서였다. 교사들은 프랑스인이었고, 자격을 갖춘 사람은 매우 드물었다.

처음으로 내 담임이 된 선생은 아주 난폭한 사람으로, 내가 화장실에 가도 되냐고 물으면 내 엉덩짝에 발길질을 날리던 인물이었다. 나는 이런 식의 공공 체벌이 두려워 감히 더는 수업 도중에 화장실에 가겠다는 허락을 구할 엄두를 내지 못했다.

어느 날, 도저히 더 이상 참지 못하게 되자, 나는 교실 안에서 쉬를 하기로 결정했다. 선생님이 말을 하고 있었기 때문에 의자에 앉은 상태로 결행에 들어갔다. 시작은 완벽했고, 나는 이미 이번 비밀 작전의 성공을 기대하고 있었다. 그런데 과다한 양의 액체가 의자에서 넘쳐흐르더니 물뱀처럼 돌돌 소리를 내며 바닥으로 흐르고 있는 게 아닌가. 이 가랑가랑한 소리가 어떤 고자질쟁이의 귓전을 때렸고, 이내 고함이 터져 나왔다.

「여기요, 선생님, 얘가 교실에서 쉬를 싸요!」

치명적인 모욕. 캐들캐들 비웃는 소리가 교실에 퍼지는 가운데 교사의 발이 나를 밖으로 내동댕이쳤다.

나는 국적의 복잡함에 대해서도 알게 되었다. 프랑스어를 쓰지 않는 벨기에 사람들을 만난 것이다. 정말로 이놈의 세상이 얼마나 요상한지. 무슨 언어가 그렇게 셀 수 없이 많은지. 손해 보지 않고 사는 게 쉽지는 않을 것 같았다, 이놈의 세상이 말이다.

성서가 일본 시절의 훌륭한 벗이었다면, 내가 베이징에서 지내면서 주로 읽은 책은 바로 지도책이었다. 나는 나라에 굶주려 있었고, 지도들의 명료함은 나를 사로잡았다.

나는 새벽 여섯 시부터 일어나 유라시아 대륙 위에 엎드려서는, 국경선을 따라 손가락을 움직이고, 향수에 젖어 일본 군도를 어루만졌다. 지리는 그야말로 나를 순수시(詩)의 세계에 빠뜨렸다. 지도라는 공간의 펼침보다 더 아름다운 것은 이때까지 본 적이 없었다.

나에게 저항하는 나라 하나 없었다. 어느 날 저녁, 샴페인을 훔치러 가려고 칵테일파티 장을 기어서 지나가는 나를 아버지가 붙잡았다. 아버지는 나를 팔에 안아 방글라데시 대사에게 소개시켰다.

「아, 동(東)파키스탄.」 내가 밍숭하게 한마디 던졌다.

나는 여섯 살이었고, 다양한 국적에 열광하고 있었다. 여러 국적의 사람들이 다 같이 산리툰[三里屯][7] 게토에 갇혀 살다 보니 이들을 관찰할 수 있는 기회가 되었다. 그러니 정체를 캐내야 하는 나라는 중국밖에 없었다.

〈아틀라스〉, 이 단어가 내 맘에 꼭 들었다. 언젠가 아이가 생긴다면 이 이름을 붙여 주고 싶다. 사전을 보니 이미 이런 이름을 가진 사람이 있었다.

사전은 단어의 아틀라스였다. 단어의 범위와 단어의 영토 안에 사는 주민, 그리고 단어의 경계를 정해 놓고 있었다. 이 단어의 제국들 가운데 몇몇은 이상야릇하기가 당혹스러울 정도였다. 방위, 녹주석, 빈첩, 엄부럭 같은 단어들이 그러했다.

페이지를 넘기면서 잘 찾다 보면 우리가 어떤 아픔을 겪고 있는지도 알 수 있었다. 내 아픔의 이름은 일본

7 베이징 중심부에 위치한 외국 대사관 밀집 거리.

의 결핍이라는 것으로, 바로 〈노스탤지어〉라는 단어의 진정한 정의였다.

어떤 노스탤지어든 다 일본적이다. 과거와 지나간 영화를 무기력하게 추억하며 시간의 경과를 비극적이고 장엄한 패배로 느끼며 사는 것만큼 일본적인 것은 없다. 옛날의 세네갈을 그리워하는 세네갈인이 있다면, 그는 인식을 못 할 뿐이지 일본 사람이다. 해 뜨는 나라 일본의 추억에 울먹이는 벨기에 계집애라면 일본 국적을 가지고도 남을 자격이 있는 것이다.

「우리 언제 집으로 돌아가?」

내가 종종 아버지에게 물었다. 여기서 집은 슈쿠가와를 지칭했다.

「결코.」

사전은 이 대답이 끔찍한 것임을 확인시켜 주었다.

〈결코〉는 내가 사는 나라였다. 이것은 다시 돌아갈 수 없는 나라였다. 나는 이 나라가 싫었다. 일본은 내가 선택한, 내 나라였다. 하지만 일본은 나를 선택하지 않았다. 결코의 나라는 나를 지명했다. 나는 결코의 나라

국민이었다.

결코의 나라 주민에게는 희망이 없다. 이들의 언어는 노스탤지어요, 이들의 화폐는 흐르는 시간이다. 이들은 흐르는 시간을 옆으로 밀쳐 놓지 못한다. 이들의 삶은 결코의 나라 수도인, 죽임이라 불리는 심연을 향해 탕진되고 있다.

결코인들은, 이미 폐허의 싹을 간직하고 있는 가슴 저미는 사랑, 우정, 문학, 그리고 다양한 삶의 성과들을 쌓아 가는, 위대한 설계자이다. 하지만 정작 자신들을 위해서는 집 한 채도, 소박한 거처 하나도, 안정적으로 살 만한 바람막이 공간 하나조차 짓지 못하는 사람들이다. 주춧돌만 쌓아 놓고 집이라 불러도, 이것마저 부러워 죽을 지경인 사람들이다. 운명은, 결코인들이 열쇠를 손에 쥐었다고 믿는 순간, 이 약속의 땅을 빼앗아 버리고 만다.

결코인들은 삶이 성장이요, 아름다움과 현명함, 풍요로움과 경험의 축적이라고 생각하지 않는다. 이들은 나면서부터 삶은 곧 쇠락이요, 스멀스멀 진전되는 상실이요, 박탈이요, 해체라는 것을 알고 있다. 이들은 반드시 다시 빼앗기게 될 옥좌에 앉는다. 결코인들은 세 살만 돼도 다른 나라 사람들이 예순세 살을 먹어도 알까 말까 한 것들을 다 안다.

그렇다고 해서 성급히 결코의 나라 사람들이 슬프다는 결론을 내려서는 안 된다. 도리어 정반대이다. 이들만큼 유쾌한 사람들도 없다. 가랑비 같은 은총만 내려도 결코인들은 희열에 빠진다. 웃고, 즐기고, 누리고, 황홀감에 취하기 좋아하는 기질은 지구 상에서 다른 예를 찾아볼 수가 없을 정도이다. 죽음이 이들을 너무도 끈질기게 괴롭히기에, 삶을 향해 광적인 식욕을 보이는 것이다.

이들 나라의 국가는 장송곡이요, 이들의 장송곡은 환희의 찬가이다. 너무도 광란적인 랩소디이기에, 악보만 봐도 전율이 느껴지는 곡이다. 그러나 결코인들은 음표 하나도 빼지 않고 연주한다.

이들의 문장(紋章)을 장식하는 상징적인 꽃은 사리풀이다.

일본에서와는 다른 이유 때문이지만, 사탕과자를 구하는 일은 베이징에서도 어려웠다. 자전거를 타고, 여섯 살배기가 설마 중국 인민들에게 중대한 위협 요소야 되겠느냐 하는 점을 군인들에게 입증하고는, 시장으로 내달려 유효 기간이 지난 맛있는 사탕과 캐러멜을 샀다. 그런데 새알꼽재기 같던 쌈짓돈이 바닥이 나면 어쩐다?

이럴 때는 게토에 있는 차고들을 터는 수밖에 없었다. 바로 여기가 외국인 거주지에 사는 어른들이 비축품을 숨겨 둔 곳이기 때문이다. 이 알리바바의 동굴에는 맹꽁이자물쇠가 채워져 있었는데, 공산주의 품질의 맹꽁이자물쇠를 줄질하는 거야 식은 죽 먹기 아니겠는가.

나는 인종 차별주의자가 아니므로, 한 차고도 빠짐없이 털었다. 우리 부모님의 차고도 예외는 아니었는데, 쓸 만한 것이 제법 많았다. 하루는, 우리 차고에서 내가 그때까지 먹어 본 적이 없는 스페퀼로라는 벨기에 단 과자가 나왔다.

즉시 한 개를 맛보았다. 나는 울부짖었다. 이 바삭바삭함, 이 향신료의 맛, 꺅 소리라도 지르고 싶었다. 차고에서 기념하기에는 너무나 중대한 사건이었다. 이걸 축하하는 데 최적의 장소가 어딜까? 나는 답을 알고 있었다.

나는 우리 건물로 달음박질해 가서는, 4층을 한달음에 뛰어오른 뒤, 욕실로 들이닫아 들어가, 문을 닫았다. 나는 커다란 거울 앞에 자리를 잡고, 스웨터 밑에서 전리품을 꺼내, 거울 속에 비치는 내 모습을 관찰하며 먹기 시작했다. 쾌락을 느끼는 내 모습이 보고 싶었던 것이다. 내 얼굴에 보이는 것은 바로 스페퀼로의 맛이었다.

장관(壯觀)이었다. 내 모습만 봐도 맛을 조목조목 짚어 낼 수 있었다. 내가 이렇게 행복한 표정을 짓는 걸

보면 당연히 설탕은 들어갔고, 보조개에서 특징적으로 나타나는 감정의 흔들림으로 보아 이 설탕은 캐소네이드가 분명했다. 쾌락으로 주름 잡힌 코를 보니 계피도 많이 들어 있고. 반짝반짝거리는 눈을 보니 분명 다른 향신료의 맛도 읽히는데, 이 생경한 맛들에 온몸이 달아올랐다. 황홀경을 연출하는 입술을 보니 꿀이 들어간 것은 의심의 여지가 없었다.

나는 조금 더 편안한 자세를 취하기 위해 세면대 가장자리에 앉았다. 계속 게걸스럽게 스페퀼로를 먹으면서 내 모습을 희번덕거리며 쳐다보았다. 관능적으로 비치는 내 모습을 보고 있자니 그 관능적 느낌이 가중되었다.

나도 모르는 사이에, 섹스 중인 모습을 쳐다볼 수 있게 천장을 온통 유리로 덮어 놓은 싱가포르 창녀촌의 유리방에서, 오르가즘으로 뒤엉킨 자신들의 모습을 유리에 비춰 보며 더욱더 흥분을 느끼는 사람들과 똑같이 하고 있었던 것이다.

엄마가 욕실에 들어왔다가 사건의 비밀을 알게 되었다. 나는 내 모습을 쳐다보는 데 너무 열중한 나머지 엄마를 보지도 못했고, 이중의 탐닉 행위를 중단하지도 않았다.

엄마가 처음 보인 반응은 분노였다. 〈애가 도둑질을 하잖아! 게다가 사탕 과자를! 처음 손을 댄 게 하필이면 우리 집에 딱 하나 있던 스페퀼로 상자야, 이 귀하디 귀한 걸, 베이징에선 더 구할 수도 없는 걸 말이야!〉

다음으로 엄마는 당혹감을 느꼈다. 〈아니 애가 왜 날 못 보는 거지? 지가 먹는 모습은 또 왜 쳐다보고 있는 거야?〉

나중에는 상황을 이해하고 웃게 되었다. 〈애가 지금 쾌락을 느끼고 있는 거야, 그 장면을 자기 눈으로 확인하고 싶은 거고.〉

이걸 이해하고 나자 엄마는 훌륭한 엄마로서의 면모를 보여 주었다. 발끝으로 살금살금 걸어 나가 욕실 문을 닫아 주었다. 희열 상태를 즐기는 나를 혼자 내버려 둔 것이다. 나중에 엄마가 이 사건을 친구한테 이야기하는 걸 듣지 못했더라면, 나는 아마 엄마가 그 자리에 있었다는 사실도 모르고 지나갔을 것이다.

게딱지같은 우리 아파트에 많이 웃지 않는 신사 한 분이 며칠 동안 묵은 적이 있었다. 그 사람은 내가 노인들에게나 있다고 생각하던 턱수염을 기르고 있었는데, 실제로는 우리 아버지 나이 또래였다. 아버지가 찬미해 마지 않으며 대화를 나누던 그 주인공은 바로 시몽 레이스였다. 아버지가 그 사람의 비자 문제를 맡아 처리하던 중이었다.

15년 뒤에 그 사람의 작품이 내게 얼마나 중요한 의미를 갖게 될지 미리 알았더라면, 나는 좀 다른 눈으로 그 사람을 쳐다보았을 것이다. 그러나 그 짧은 체류 기간 동안에도, 우리 부모님이 그 사람에게 온갖 경의를 표하는 모습을 보면서 한 가지 중대한 정보를 얻을 수 있었다. 아름답고 충격적인 책을 쓰는 사람은 누구보다 우러러보아야 한다는 사실을 말이다.

이걸 깨닫고 나서부터 책에 대한 나의 관심이 증폭되었다. 더 이상 『탱탱』이나 성서, 지도책, 사전 같은 것만 읽고 있어서는 안 되었다. 기쁨과 고통의 거울인, 소설이라는 이름의 책 또한 읽을 필요가 있었다.

내가 소설을 달라고 했더니 아동 소설을 가리켰다. 우리 부모님의 한물간 서재에는 쥘 베른, 세귀르 백작 부인, 엑토르 말로, 프랜시스 버넷의 책이 있었다. 나는 찔끔찔끔 읽기 시작했다. 아무리 그래도 이보다 더 중요한 일이 많았으니까. 산리툰의 전쟁, 자전거 타고 염탐하기, 무단 침입에 절도, 목표물 조준 후 서서 쉬하기 같은 것 말이다.

하지만 소설을 보면 정말 경악할 만한 일들이 벌어지고 있었다. 배고픔과 추위에 떠는 버려진 아이들, 사람을 업신여기는 못된 계집애들, 세상을 무대로 펼쳐지는 쫓고 쫓기는 추격전, 사회적 타락. 이런 것들은 영혼을 위한 달콤한 양식이었다. 그때는 아직 영혼의 양식에 대한 필요를 느끼지 못하고 있었지만, 필요해질 때가 오리라는 것은 예감하고 있었다.

나는 이야기를 더 좋아했다. 나는 이야기에 배가 고팠고, 갈증을 느꼈다. 일본에서는 니쇼상이 들려 준 이야기(「산 속의 마귀할멈 야맘바」, 「복숭아 소년 모모타로」, 「두루미 아내」, 「은혜 갚은 여우」)가 있고, 엄마가 들려 준 이야기(「백설 공주」, 「신데렐라」, 「푸른 수염」, 「당나귀 가죽」 등등)도 있었다. 중국에서는 18세기 번역본으로 『천일야화』를 읽었고, 이 책에서 내 여섯 살 시절의 가장 격렬한 문학적 감동을 느꼈다.

술탄, 탁발승, 대신(大臣), 뱃사람이 등장하는 『천일야화』의 이야기들 중에서 나는 공주들을 묘사하는 부분이 제일 마음에 들었다. 이야기 속에 절세가인이 하나 등장하면 그녀의 단아한 자태를 설명하기 위해 갖가지 상세한 묘사가 동원되었다. 가빠진 숨을 고르고 있을라치면 어느새 또 한 명의 미인이 등장했다. 이 새로운 여인의 미모를 뒷받침하는 여러 근거를 제시하면서 텍스트에서 명시하기를, 이 여인의 아름다움에 비하면 이전 미인은 아무것도 아니라는 것이다. 세 번째 미녀가 등장하는 부분에 이르러서는, 그녀가 두 번째 미녀도 능가하는 천하의 절색이라는 것을 미루어 짐작할 수 있게 된다. 두 번째 여인의 미모가 무색해질 정도로 너무나 아름다운 여인이 또 있구나, 하는 것을 서서히 깨닫게 된다. 하지만 이 세 번째 여인의 미모가 빛을 잃는 것도 시간 문제. 네 번째 여인의 공현(公顯)으로 그녀의 미색이 퇴색될 것이 분명하니 말이다. 계속 이런 식으로 이어졌다.

강도를 높여만 가는 아름다움의 출현은, 나의 모든 상상을 뛰어넘었다. 짜릿짜릿했다.

일곱 살에, 나는 이미 겪을 일은 다 겪었다는 분명한 느낌을 받았다.

인생 역정에서 하나라도 빠트린 건 없는지, 확실히 해두려는 생각에서 되짚어 보았다. 나는 신성(神性)도 경험했고, 이에 따르는 절대적 만족감도 맛보았다. 출생, 분노, 이해할 수 없음, 쾌락, 언어, 사고(事故), 꽃, 타인, 물고기, 비(雨), 자살, 구원, 학교, 박탈, 생이별, 유배, 사막, 병(病), 성장, 그리고 이에 따르는 상실감, 전쟁, 적이 생겼다는 달뜬 감정, 알코올 — 라스트 벗 낫 리스트 — 사랑, 허공으로 휑하니 날아간 이 사랑의 화살도 경험했다.

내가 여러 번 스쳐 지나친, 그래서 계량기를 다시 원점으로 돌려놓았던 죽음 말고 이제 내게 어떤 새로운 일이 일어날 수 있다는 말인가?

엄마가 내게 실수로 독버섯을 먹고 숨진 아주머니에 대한 이야기를 해주었다. 나는 그녀가 몇 살이었는지 물었다. 「마흔아홉 살」, 엄마가 대답했다. 내 나이의 일곱 배. 지금 누굴 놀리자는 건가? 그렇게 터무니없이 오래 살고 나서 죽는 게 무슨 문제란 말인가?

구세주 같은 버섯이 어쩌면 내가 그 아주머니처럼 나이를 먹어야 찾아올지 모른다는 생각을 하자, 머리가 아찔했다. 아직 내 생의 일곱 배를 더 견뎌야 그 종착역에 도착할 수 있다는 말인가?

나는 마음을 달랠 방법을 찾았다. 내 사망 시점을 열두 살로 정했다. 그제야 푸근한 안도감이 밀려왔다. 열두 살, 죽기에는 이상적인 나이였다. 쇠망의 과정이 시작되기 전에 떠나야 하는 것이다.

그러니 아직 5년을 땜방질하며 살아야 한다. 지루하게 보내게 될까, 어떨까?

기억이 난다. 세 살 때 자살 기도를 하고 난 직후에,

나는 이미 할 건 다 해봤다는 역겨운 확신을 가지게 되었다. 그 당시에 이미 영원한 것은 없다는 사실에서 오는 극도의 환멸감을 절절하게 경험한 상태였다. 하지만 그때 이후로도 인생은 우회할 가치가 있다는 생각이 드는 모험을 적잖이 하게 되었다. 그러지 않았다면 전쟁 같은 건 해보지도 못했을 것 아닌가. 다른 경험에서는 도저히 느낄 수 없는 그 소름끼치는 전율을 선사하던, 바로 그 전쟁을 말이다.

그러니까 내가 앞으로 지금까지 경험해 보지 못한 일을 겪을 수도 있다는 가능성을 배제해서는 안 되는 것이다.

이런 생각은 유쾌하면서도 동시에 절망적이었다. 호기심이 나를 끈덕지게 괴롭혔다. 도대체 내 머리가 아직 파악하지 못한 이런 가능성이란 어떤 것일까?

고심 끝에 내가 그동안 놓치고 있던 한 가지 가능성을 발견했다. 나는 사랑은 해보았지만 사랑의 행복은 맛보지 못했다. 갑자기, 이런 상상을 초월하는 도취감을 맛보지 못하고 죽다니 말도 안 된다고 생각했다.

1975년 봄, 우리는 여름에 베이징을 떠나 뉴욕으로 가게 된다는 사실을 접했다. 놀라운 소식이었다. 아니 그러니까 우리가 극동이 아닌 다른 곳에서도 살 수 있다는 말인가?

아버지는 마음이 몹시 상했다. 벨기에 정부에서 자신을 말레이시아로 파견해 주기를 기대하고 있었기 때문이다. 아메리카는 마음에 당기지 않았던 것이다. 하지만 아버지는 중국 땅을 떠나게 되었다는 사실에 안도감을 느끼고 있었고, 그건 우리도 마찬가지였다.

아버지에게 있어 중국을 떠나는 것은 마오주의의 지옥과 설핏설핏 보이던 정체불명의 범죄들 앞에서 느끼던 혐오감과 이별하는 것을 의미했다.

나에게는 내 사랑의 수모를 목격한 학교에서 벗어나는 것이고, 아침마다 내 머리를 잡아당기던 체에게서 도망치는 것을 의미했다. 유일하게 섭섭한 게 있다면 요리의 마술사 장씨 아저씨와 헤어지는 일일 것이다.

사실 진정으로 중국적인 것들은 우리를 매료시켰다. 그러나 유감스럽게도 이런 중국다운 중국은 야금야금 줄어들고 있었다. 문화 혁명이 중국의 참모습을 거대한 형무소로 바꿔 놓아 버린 것이다.

전쟁을 통해 나는 입장을 정해야만 한다는 것도 배우게 되었다. 나는 중국과 일본 사이에서 손톱만큼도 주저하지 않았다. 이 두 나라는 여하한 정치적 판단을 떠나, 양 극단을 달리는 원수 같은 사이였다. 위선자 중의 위선자가 아닌 이상, 하나를 아주 좋아한다면 다른 하나에 대해서는 거리를 둔다는 뜻이다. 나는 해 뜨는 나라 일본 제국을, 그의 간결함을, 그의 어둠의 감각을, 그의 부드러움과 예의바름을 숭배했다. 눈이 부신 중화 제국의 광채, 사방을 물들인 붉은 색깔, 떠들썩한 향연의 감각, 메마름, 이런 현실의 눈부심을 내가 지각하지 못한 것은 아니지만, 나는 단박에 그 눈부신 현실로부터 소외되고 말았다.

뿐만 아니라 나는 아주 단순한 차원에서 이원성을 몸으로 느끼고 있었다. 니쇼상의 나라와 체의 나라 둘 중에서, 나는 선택을 했다. 둘 중 하나가 너무도 절절하게 내 나라였기에, 다른 하나는 나를 받아들일 수조차 없었다.

나는 여덟 번째 생일에 뉴욕이라는, 그러니까 가장 환상적인 선물을 받았다.

우리가 심장 발작 같은 충격을 받을 정도로 철저하게 꾸며진 음모 같은 것이었다. 우리는 뒤를 졸졸 따라다니는 중국 군인들에게 둘러싸인 채, 3년이라는 세월을 산리툰 게토에서 감시를 받으며 지낸 사람들이다. 우리는 그 3년 동안 대수롭지 않은 우리의 언행이 이미 고통을 받고 있는 중국인들에게 또 다른 고통을 줄 수도 있다는 생각으로 몸을 떨었다.

우리는 드디어 궤짝에 짐을 실은 뒤, 비행기 표 다섯 장을 쥐고, 케네디 공항으로 가기 위해 베이징 공항으로 향했다. 비행기는 고비 사막, 사할린 섬, 캄차카 반도, 베어링 해협 위를 날았다. 그리고는 처음으로 알래스카의 앵커리지에 내려 몇 시간 기착했다. 나는 비행기 창을 통해 얼어붙어 있는 요상한 땅을 내다보았다.

그러고 나서 비행기는 다시 출발했고, 나는 잠이 들었다. 언니가 나를 깨우며 도저히 믿을 수 없는 말을 했다.

「일어나, 우리 뉴욕에 왔어.」

일어나 볼 만한 일이었다. 그야말로 도시 전체가 일어서 있었다. 모든 게 우뚝 솟아 있고, 모든 게 하늘에 닿으려 기를 쓰고 있었다. 나는 여태껏 한 번도 그렇게 곧추선 세상을 본 적이 없었다. 단박에, 나를 평생 따라다니는 습관이 처음 보는 뉴욕에서 생겼다. 고개를 쳐들고 걷는 습관 말이다.

정신이 아찔했다. 세상에 이렇게 1975년의 베이징과 딴판인 게 있을 수 있단 말인가? 우리가 같은 태양계에 속하지 않는 다른 행성으로 온 게 분명했다.

옐로캡 안에서 스카이라인에 눈이 가자 나는 탄성을 지르기 시작했다. 이 고함 소리가 3년이나 계속되었다.

맞다. 제럴드 포드의 미국, 그중에서도 특히 뉴욕에 대해서, 이 도시가 보이는 끔찍한 불평등에 대해서, 그리고 이 같은 극도의 불공정함 때문에 발생하는 무서운 범죄 행위들에 대해서는, 할 말이 한두 가지가 아닐 것이다. 이걸 부정하려는 게 아니다.

내 책에서 이 문제를 거의 언급하지 않는 것은, 여덟 살 꼬마가 뉴욕에서 느꼈던 흥분을 보다 솔직하게 전달하려는 의도에서이다. 내가 뉴욕에 몸담고 살았노라, 하는 이야기는 감히 하지 않겠다. 나는 그저 3년 동안 뉴욕을 온몸으로, 광적으로 느끼며 지낸 어린아이에 불과하다.

아예 지금부터 내 상황이 어떤 면에서 특수했는지 다 인정하고 시작하도록 하자. 나는 제정신이 아니었고, 우리 부모는 당시로서는 혜택 받은 사람들이었다. 이렇게 신중을 기하고 나니 이제 말할 수 있을 것 같다. 뉴욕에서 여덟 살, 아홉 살, 열 살을 보낸다는 것은 환희! 환희! 환희다!

옐로캡이 40층 건물 앞에 멈춰 섰다. 이 건물의 엘리베이터는 끝이 없었고, 얼마나 빨리 올라가는지 미처 귀가 뚫릴 새도 없이 벌써 우리 집이 있는 16층에 와 있었다.

과분한 행복은 절대 하나만 오지 않는 법. 구겐하임 박물관이 눈에 들어오는 넓고 안락한 아파트로 들어서면서 나는 이보다 더 중요한 것을 하나 더 발견했다. 젊은 가정부가 우리를 기다리고 있었던 것이다.

잉게도 우리처럼 막 뉴욕에 첫발을 디딘 상태였다. 그녀는 독일어권 벨기에 출신이었다. 실제 나이는 열아홉이었지만 완벽한 미모 때문에 열 살은 더 들어 보였다. 꼭 그레타 가르보를 닮았다.

뉴욕과 잉게라, 멋진 인생이 펼쳐지리라.

두 가지 과분한 행복에는 세 번째도 따르는 법. 오빠가 예수회 기숙학교에서 학업을 계속하기 위해 벨기에로 떠났다. 내 공공의 적 1호였던 열두 살의 앙드레 오빠가, 나를 골리는 걸 성배(聖杯)로 여기던 오빠가, 제일 큰 오빠라는 사람이 기회만 있으면 사람들 앞에서 나를 놀려 대더니 말이다. 오빠가 어디 도형장으로 보내지기만 — 나로서는 덩실덩실 춤이라도 추고 싶은 심정이었다 — 했는가, 오빠는 내 땅에서 강제로 쫓겨났고, 내 풍경에서 후다닥 자취를 감추어 버리고 말았다. 드디어 내가 아름다운 언니와 단둘이 있을 수 있게 해주었다.

쥘리에트 언니와 나는 오빠를 공항까지 배웅하러 가는 부모님과 함께 오빠가 차에 타는 모습을 지켜보았다.

「너, 실감나니?」 언니가 말했다. 「저 불쌍한 오빠는 벨기에 감옥으로 가는데, 우리는 말이야, 우리는 뉴욕에서 살게 될 거라는 게.」

「공정한 거지.」 나는 이를 갈았다.

열 살 반인 쥘리에트 언니는 나의 이상(理想)이었다. 나중에 커서 뭐가 되고 싶으냐고 물어보면 〈요정〉 하고 대답하는 언니였다.

사실 언니는 아주 옛날부터 요정이었다. 항상 넋을 놓고 있는 듯한 언니의 예쁘장한 얼굴이 증명하듯이 말이다. 언니의 가장 원대한 꿈은 언젠가 세상에서 가장 머리가 긴 사람이 되는 것이었다. 이렇게 고결한 의도를 품고 있는 사람을 어떻게 죽도록 사랑하지 않을 수 있겠는가?

나는 내가 처한 상황을 차분히 돌아보았다. 이제 내 주변에는 엄마, 그 눈부신 미모를 차마 내가 말로 다 설명할 수도 없는 엄마가 있고, 엘프 요정 중에서도 으뜸가는 매혹적인 언니가 있었다. 그리고 잉게라는, 숭고한 미지의 여인이 있었다.

언제나 내 후원자인 아버지도 있었다. 그리고, 오빠는 이제 없었다.

삶이 이렇게 엉뚱하리만치 흥미진진한 서곡을 울리면, 이건 뉴욕이라는 이름으로 불린다.

뉴욕, 내가 미처 다 타보지도 못한 초음속 엘리베이터로 가득 찬 도시, 내가 세찬 된바람에 실려 고층 빌딩 숲을 헤치며 날아다니는 연이 되었던 도시, 자기 방종과 무분별한 자기 무절제의 도시, 자기 내면을 와락 분출하는 도시, 가슴의 정 중앙을 관자놀이로 옮겨 놓고 그 위에 늘 쾌락의 권총을 겨누는 도시. 〈환락에 젖을래 아니면 죽을래.〉

나는 환락에 젖었다. 3년 동안, 매 순간순간, 내 맥박은 뉴욕 거리의 광란적 리듬을 따라 뛰었다. 사람들이 떼를 지어 발길 닿는 대로 어디론가 가고 있는 듯한 인상을 주던 뉴욕 거리. 나도 이 대열에 합류했다, 대담하고도, 당차게.

조금만 높은 건물이 있어도 꼭대기에 올라가 보았다. 얼마 전 작고한 트윈 타워, 엠파이어스테이트 빌딩, 그리고 그 귀하디귀한 크라이슬러 빌딩. 몇몇 치마 모양의 건물은 이 도시에서 아찔한 걸음걸이를 연출하고 있었다.

높은 곳에서 내려다보는 풍경은 당연히 장관이었다. 아래서 쳐다보면 현기증이 훨씬 더 아찔하게 몸속으로 파고들었다.

잉게는 키가 1미터 80센티미터였다. 고층 빌딩 같은 여자였다. 나는 그녀의 손을 잡고 뉴욕 거리를 활보했다. 벨기에 고향 마을을 막 떠나온 그녀는 눈앞에 펼쳐지는 광경에 넋이 나가 있었다. 웬만한 아름다움에는 익숙한 뉴요커들도 이런 미인이 지나가는 데는 고개를 돌리지 않을 수 없었다. 나는 그들을 돌아보며 혀를 쏙 내밀었다. 〈잉게는 내 손을 잡고 있어, 당신들 손이 아니라고!〉

「이 도시는 나를 위해 있는 거야.」 잉게가 고개를 쳐들고 말했다.

그녀의 말이 맞았다. 그녀에게 어울리는 도시는 기가*giga*급 도시이다. 출생지라는 건 참 얼토당토않다. 잉게가 알자스로렌 지방에 있는 면 소재 촌동네에서 태어났다는 게 도대체 말이나 되는가, 크라이슬러 빌딩의 높이와 우아함을 지닌 그녀가 말이다.

하루는, 우리가 메디슨 애비뉴를 따라 산책을 하고 있는데, 어떤 사내 하나가 달려오더니 잉게를 붙잡고 명함을 내밀었다. 모델 에이전시에 추천할 사람을 찾고 있다며, 잉게에게 포즈 사진을 찍고 싶다고 했다.

「나는 옷은 안 벗어요.」 이 열없쟁이가 대답했다.

「겁이 나면 그 꼬마를 데리고 와요.」 그가 말했다.

이 이야기를 듣고서야 잉게는 비로소 믿음이 생겼다. 이틀 후, 나는 그녀를 따라 스튜디오에 갔다. 그곳에서 머리를 하고 화장을 한 그녀를 향해 사방에서 플래시가 터졌다. 그녀는 마네킹처럼 허청허청 걷는 법도 배웠다.

나는 흠모의 심정으로 그녀를 응시했다. 사람들은 나를 보고 너무 얌전하다고, 이렇게 조심성 있는 아이는 처음 봤다고 칭찬을 했다. 하지만 내가 그랬던 데는 다 이유가 있었다. 나는 아름다움의 매력에 사로잡힌 채 쇼를 관람하고 있었던 것이다.

우리 부모님은 이성을 잃었다. 마오주의하에서 3년이라는 감금의 세월을 보낸 두 사람을 이번에는 자본주의적 과잉이 위험하게 덮쳐 버린 것이다. 두 사람을 사로잡은 열기는 이후로 한순간도 식을 줄을 몰랐다.

「밤마다 외출을 해야 해.」 아버지가 말했다.

뭐든지 보고, 뭐든지 듣고, 뭐든지 해보고, 뭐든지 마셔 보고, 뭐든지 먹어 보아야 한다는 이야기였다. 쥘리에트 언니와 나야 이 방면에서는 늘 전문가 아닌가. 우리는 콘서트나 뮤지컬을 보고 나면 레스토랑으로 가서 우리 몸보다도 더 큼지막한 스테이크를 앞에 두고 앉았다. 그러고 나서는 카바레에 가서 여가수들의 노래를 들으며 버번위스키를 마셨다. 부모님은 이럴 때는 옷이 격에 맞아야 한다며, 우리 둘에게 인조 모피를 사 주었다.

언니와 나는 이런 폭발적인 향연이 그저 아찔하도록 놀라울 뿐이었다. 우리는 밍크 스톨을 몸에 두르며 알싸한 취기를 느꼈고, 살아 있는 바닷가재들과 우리들 사이에 놓인 유리창에 대고 키스를 퍼부었다.

하루는, 발레 공연을 보았다. 나는 몸이 나는 데도 쓰일 수 있다는 사실을 발견했다. 언니와 나는 한목소리로 우리의 소명을 제창했다. 우리는 유명한 발레 학교에 등록했다.

밤늦게, 옐로캡이 술에 취한 채 하늘을 올려다보는 네 명의 벨기에인을 집으로 데려다 주었다.

「너무나 멋진 인생이야.」 엄마가 말했다.

잉게는 우리와 같이 외출하지 않겠다고 했다. 〈내가 좋아하는 건 영화뿐이에요, 또 다이어트 중이거든요〉 라고 말했다. 그녀는 나름대로 밤 생활이 있었고, 방에는 그녀가 나른하게 쳐다보는 로버트 레드포드의 포스터가 걸려 있었다.

「이 사람이 나보다 잘난 게 대체 뭐야?」 내가 두 손을 허리에 올리고 도전적으로 그녀에게 물었다.

그녀는 웃으며 나를 포옹해 주었다. 그녀는 나를 많이 사랑하고 있었다.

본격적인 제도 교육에 편입되어 개학을 맞는 것은 이번이 처음이었다. 뉴욕 프랑스 학교, 이곳은 베이징의 프랑스 소학교와는 달랐다. 속물적이고, 반동적이며, 오만했다. 거만한 교사들이 우리에게 엘리트답게 처신해야 한다고 말했다.

이런 실없는 소리 따위에는 나는 관심도 없었다. 교실은 아이들로 넘쳐 났고, 나는 호기심 어린 눈으로 아이들을 쳐다보았다. 우리 반에는, 프랑스인이 상당수를 차지했지만 더러 미국인도 있었다. 자식을 프랑스 학교에 넣는 것이 뉴요커들에게는 더없이 근사한 일이었던 것이다.

벨기에인은 없었다. 나는 이 이상야릇한 현상을 세계 도처에서 확인한 바 있었다. 나는 늘 내 반에서 유일한 벨기에인이었고, 이 때문에 심한 놀림을 받았다. 물론 나야 남들이 나를 조롱하든 말든 상관도 하지 않았지만 말이다.

이때는 내 머리가 아주 팽팽 돌아갈 때였다. 무리수 곱셈을 하는 데 단 1초도 걸리지 않았고, 내 계산이 맞는다는 확신이 얼마나 강했던지, 무리수의 소수점 자리까지 따분해하며 열거하고 있을 정도였다. 문법은 내 모공을 타고 흘렀고, 무지(無知)는 나와는 딴 세상 이야기였다. 지도책은 내 신분증이었고, 언어들은 바벨탑처럼 나를 선택했다.

내가 이런 것들에 완전히 무관심했으니 다행이지, 아니면 아주 가관이었을 것이다.

교사들은 감탄해 마지않으며 나에게 물었다.

「네가 벨기에 사람인 게 확실하니?」

나는 보증한다고 했다. 「네, 우리 엄마도 벨기에 사람이에요. 네, 제 조상들도 마찬가지고요.」

당혹스러워하는 프랑스인 교사들.

사내 녀석들은 〈뭔가 구린 데가 있긴 있는데〉 하는 표정을 지으며 나를 의혹의 눈초리로 뜯어보았다.

여자애들은 나를 사랑스러운 눈길로 쳐다보았다. 학교의 흉측한 엘리트주의가 이 아이들에게 위력을 발휘했고, 아이들은 직설 화법으로 이렇게 선언했다. 〈네가 최고야. 나랑 친구할래?〉 까무러칠 노릇이었다. 이런 방법은 전사(戰士)적 기질만이 대접받는 베이징에서는 상상도 할 수 없는 것이다. 하지만 나는 거부할 수가 없었다. 계집애들의 연정은 뿌리치는 게 아닌 법.

가끔씩 코트디부아르 여자아이, 유고슬라비아, 예멘 국적의 남자애가 입학을 하는 경우가 있었다. 나 같은, 이런 산발성(散發性) 국적을 보고 있자면 가슴이 찡했다. 미국인과 프랑스인들은 우리가 미국 사람이나 프랑스 사람이 아니라는 사실을 늘 경악스럽게 여겼다.

새 학기가 시작하고 2주가 지나서 입학한 자그만 프랑스 여자애가 나를 아주 좋아했다. 마리라는 아이였다.

어느 날, 내가 솟구치는 감정을 주체하지 못하고 마리에게 끔찍한 진실을 고백하고 말았다.

「있잖아, 나 벨기에 사람이야.」

그러자 마리가 내게 확실한 사랑의 증거를 보여 주었다. 나지막한 목소리로 마리가 내게 말했다.

「아무한테도 이야기하지 않을게.」

내게 중요한 것은 학교에 가는 게 아니라 꾸준히 다니고 있던 발레 학교에 가는 것이었다.

적어도 여기는, 어려웠다. 우리 몸에 부러질 정도로 팽팽하게 당긴 활이 되는 법을 가르쳐야 했기 때문이다. 일정 수준에 오른 활에게만 화살이 주어졌다.

첫 단계는 다리를 앞뒤로 쫙 벌리는 것이었다. 선생은 골초에 뼈만 앙상한 늙은 미국인 무용수였는데, 아직 다리 벌리기가 되지 않는 학생들을 마뜩치 않게 생각했다.

「여덟 살에 다리를 쫙 벌리지 못하면, 이건 변명의 여지가 없어. 너희들 나이에는 관절이 추잉검 같으니까.」

나는 원하는 다리 벌리기에 성공하기 위해 서둘러 내 추잉검들을 쭉 잡아 늘렸다. 아주 조금 무리를 했다 싶었는데, 대단히 아프지도 않고 다리가 쫙 벌어졌다. 두 다리가 자기의 주위를 컴퍼스처럼 돌아가 있는 모습을 보는 놀라움이란.

발레 학교에 다니는 학생들은 다 미국인이었다. 나는 몇 년을 이 학교에 다니고도 친구 한 명 사귀지 못했다. 이 무용계라는 곳이 내 눈에는 극도로 개인주의적인 성향의 집단으로 비쳤다. 오로지 자기 자신의 영광만이 중요한 곳이었다. 어떤 아이가 공중 도약에 실패해서 다치는 일이 생기면, 다른 아이들은 내심 웃고 있었다. 경쟁자가 한 명 줄어들었으니까. 여자애들은 서로 말을 주고받는 일도 거의 없었고, 혹시 그런 일이 생겨도 한 가지 소재만, 「호두까기 인형」 공연을 위한 선발 이야기만 화제에 올렸다.

매년 크리스마스에, 뉴욕에서 제일 큰 공연장에서 열 살 또래의 아이들이 「호두까기 인형」 발레를 공연했다. 모스크바만큼이나 무용계가 중요하게 대접받는 이 도시에서, 이건 엄청난 이벤트였다.

선발관들이 최고 기량의 소유자를 선별해 내기 위해 무용학교를 돌아다녔다. 우리 선생님은 최고의 제자들을 선보이고, 다른 제자들에게는 행여 꿈도 꾸지 말라고 말했다. 나는 유연성은 뛰어나지만 동작이 부자연스럽고 얼굴이 받쳐 주지 않아 2군에 속하는 제자였다.

황홀감은 발레 교습이 끝나고 나서부터 찾아왔다. 나는 집으로 돌아와, 유리 지붕으로 덮인 수영장이 있던 우리 건물 40층으로 내달렸다. 나는 수영을 하며 소스라치게 아름다운 고딕풍 고층 빌딩들 꼭대기로 해가 지는 모습을 지켜보았다. 뉴욕 하늘의 색깔은 비현실적이었다. 다 삼켜 버리기에는 광채가 너무도 찬란했다. 하지만 내 두 눈은 모두 꿀떡 삼켜 버릴 수 있었다.

집 안으로 들어오면 신경 써서 옷을 챙겨 입으라는 소리를 들었다. 나는 순식간에 숙제를 해치우고 거실에 있는 아버지에게로 갔다. 그러면 아버지는 나에게 위스키를 한 잔 따라 주고 함께 잔을 부딪쳤다.

아버지는 내게 하는 일이 마음에 들지 않는다고 털어놓았다.

「유엔, 이건 내 체질이 아니야. 그저 떠드는 것, 항상 떠드는 것뿐이라니까. 나란 사람은 행동하는 사람인데 말이야.」

이해심 깊은 내가, 고개를 끄덕였다.

「너는, 네 하루는 어땠니?」

「항상 그게 그거.」

「학교에서는 일등, 발레에서는 별로 빛을 못 보고?」

「응. 하지만 난 무용가가 될 거야.」

「물론이지.」

아버지는 그냥 말뿐이었다. 나는 아버지가 친구들에게 내가 외교관이 될 것이라고 말하는 것을 들었다. 「걔는 나를 닮았거든.」

그러고 나서 우리는 밤을 즐기기 위해 브로드웨이로 나갔다. 나는 외출하는 것을 끔찍이도 좋아했다. 내가 인생은 〈먹고 마시고 즐기라고 있는 것〉이라는 주의를 표방했던 것은 이때뿐이었다.

나는 학교 여자아이들 사이에서 인기를 누리는 데 고무되어 잉게라는 보다 어려운 공략 대상에 도전해 보자고 마음먹었다.

그녀에게 띄우는 사랑의 시를 써서 그녀의 방문을 두드리고 시를 내밀었다. 그녀는 즉시 담배 한 개비에 불을 붙여 물고, 침대에 엎드려 시를 읽었다. 나는 그녀 옆에 길게 누워 공중으로 올라가는 연기를 쳐다보았다. 지금 타고 있는 것은 바로 내 시였다.

「예쁘다.」 그녀가 말했다.

「그럼, 날 사랑하는 거야?」

「당연히 널 사랑하지.」

「안아 줘.」

그녀는 나를 껴안고 배를 살살 간질였다. 나는 까르르 자지러지게 웃었다.

그러고 나면 그녀는 다시 우수에 젖은 표정으로 돌아와 천장을 응시하며 담배를 피웠다.

나는 그녀가 왜 슬픈지 알고 있었다.

「그 사람이 아직 말을 안 걸었어?」

「아직.」

〈그 사람〉, 이건 잉게가 사랑에 빠진 남자를 가리키는 말이었다.

내 인생의 커다란 행복 가운데 하나는 잉게를 따라 건물 지하에 있는 〈런드리〉, 세탁실에 가는 것이었다. 내가 빨래가 돌아가는 모습을 구경하고 있으면, 잉게는 그동안 세탁이 다 되기를 기다리며 담배를 피우는 미지의 남성을 쳐다보았다.

자기 손으로 직접 세탁을 하는 걸 보면 독신임에 틀림없었다. 잉게는 서른 살 가량의 진지하고 옷매무새가 단정한 이 미국인에게서 로버트 레드포드의 분위기를 발견했다.

그녀는 그가 몇 시에 런드리로 내려오는지를 간파하고는, 어김없이 그곳으로 향했다. 세탁을 하러 가면서 그렇게 차려 입는 여자는 처음 봤다.

「결국에는 나를 보게 될 거야.」 그녀가 말했다.

잉게는 그가 세탁실을 떠나는 시간에 정확히 맞춰 자기도 세탁실을 떠날 수 있게 움직였다. 그녀는 엘리베이터에서 보란 듯이 숫자 16을 눌렀다. 몇 층으로 오면 자기를 만날 수 있는지 그에게 알려 주려는 의도였다. 그는, 아무 생각 없이, 32가 쓰인 숫자판을 눌렀다.

「16의 두 배. 이건 어떤 징조일 거야.」

그녀가 한숨을 쉬며 말했다.

〈되건 말건 갖다 붙이기는〉 하고 나는 생각했다.

그 바보는 잉게의 존재를 인식도 못 하고 있었다. 내 입장에서는 세탁기 안에서 거품이 북적북적 일고 있는 빨래가 그 남자보다 백배는 더 흥미로워 보였다. 하지만 이 점에 있어서 잉게의 동의를 얻는 데는 실패했다.

「그 사람은 책을 읽을 때 안경을 쓰는 거야, 나는 확실히 알아.」 그녀가 웅얼거렸다.

「코에 쪼그만 자국이 보이거든.」

「꽝이야, 안경 낀 남자는.」

「나는 너무 좋아.」

나는 수사에 착수해서 잉게의 머릿속에 들어 있는 남자의 이름이 클레이튼 눞린이라는 사실을 알아냈다.

나는 얼씨구나 하면서 잉게에게 달려가 이 사실을 알렸다. 이걸 알고 나면 그녀의 병이 나을 것이라 확신하면서 말이었다.

「이름이 클레이튼인 사람하고 사랑에 빠질 수는 없는 거 아니야?」 나는 자명한 이치라도 되는 양 말했다.

그런데 이 처녀는 침대에 길게 눕더니 혼을 빼고 이렇게 되뇌는 게 아닌가.

「클레이튼 눞린…… 클레이튼 눞린…… 잉게 눞린…… 클레이튼 눞린…….」

갑자기 모든 게 절망적으로 보였다.

그깟 클레이튼 눞린에게 반하려고 형언할 수 없는 숭고한 아름다움을 지닌다는 말인가. 잉게가 그에 대해 대체 뭘 안단 말인가? 빨래를 한다는 것, 책을 읽으려고 안경을 낀다는 것……. 아니 이거면 충분하다는 얘긴가? 아, 도대체 여자들이란!

우리 부모님은 뉴욕에서 자동차로 1시간 15분 거리에 있는 울창한 숲에 산장을 하나 빌렸다. 우리는 자주 그곳에서 주말을 보냈고, 휴가의 일부를 보내기도 했다.

미국이라는 나라가 기가 막힌 게 바로 이런 점이다. 도시를 벗어나면 순식간에 무(無)의 공간이 펼쳐진다. 방금 전까지만 해도 건물들이 있었는데, 순식간에 아무것도 없다. 자연은 믿을 수 없으리만치 자연 그대로였다. 자연에는 아무 표식도 없었다. 우리는 무(無)에 발을 내딛었다. 어떤 형태의 문명으로부터도 수천 마일은 떨어져 나와 있는 기분으로 말이다.

잉게는 산장에 발을 들여놓으려 하지 않았다. 고작 숲 속에나 오려고 벨기에 고향 마을을 떠나온 게 아니라고 했다. 더군다나 클레이튼 늘린이 마음을 먹고 자기를 찾아오는 순간을 놓칠 수 없다고 했다.

쥘리에트 언니와 나는 켄트 클리프스라 불리는 그곳을 지독하게 좋아했다. 우리가 자던 코딱지만 한 방에서는 야행성 동물과 와지끈 와지끈 하는 나무 소리가 어찌나 크게 들리던지, 우리는 달뜬 공포감으로 침대 속에서 서로를 꼭 껴안았다.

우리는 너절한 샤워기 밑에서 같이 몸을 씻었다. 샤워기에서는 얼음장 같은 물과 펄펄 끓는 물이 번갈아 흘러나와, 영락없는 위험천만의 복불복 욕실 로또 게임이었다. 하지만 이것은 우리 둘의 신화 속에서 엄청난 비중을 차지하게 되었다.

우리는 재밋거리를 만들어 냈다. 나는 잠자리에 들기 직전에 갈수증 발작이 일어날 수 있게 만반의 준비를 했다. 내가 옆에 누우면 언니는 물이 차서 부풀어 오른 내 배를 이쪽저쪽 흔들어 댔다. 그러면 내 배에서 퀄퀄 나이아가라 폭포 소리가 흘러나왔고, 우리는 눈물이 쏙 빠지도록 자지러지게 웃었다.

하루는, 마치 유령이라도 나올 것 같은 별장까지 걸어간 적이 있었다. 이곳에 사는 험상궂은 사내가 우리에게 자기 말을 탈 수 있게 해주었다.

그 사내의 아내는 우리에게 안장을 얹고 말을 모는 승마의 기초를 가르쳐 주었다. 이 덕분에 우리는 숲 속 탐험에 나설 수 있었다. 더운 철에는 말들과 함께 수영을 하면서 더없이 환상적인 시간을 보낼 수 있었다. 우리는 안장도 없이 말에 올라타서는, 말 등에서 내리지도 않은 채 호수로 들어갔다. 가장 장엄한 순간은, 말이 땅에 발바닥이 닿지 않아 고개는 하늘로 쳐들고 다리는 사방으로 버둥거리면서 진짜로 헤엄을 치기 시작하는 때였다. 이때는, 말 등에서 떨어지지 않으려면 사력을 다해 말 목에 매달리는 수밖에 없었다.

겨울에는 눈이 몇 미터씩이나 왔다. 우리 말[馬]들은 가장 깊숙한 순백색의 세계로 우리를 데려다 주었다. 언니와 나는 너무나 행복하다는 사실에 온몸이 오싹해져, 가끔씩 서로를 쳐다보기도 했다.

그랬다, 뭔가 두려운 게 있긴 있는데. 이 두려움의 정체를 도무지 알 수가 없었다. 하지만 파도처럼 밀려드는 희열 속에는 뭔가 숨어 있는 게 틀림없었다. 나는 이 같은 막연한 두려움을 안고 살았고, 이 때문에 내 흥분은 한층 더 고조되었다.

공포감 때문에 내 배고픔이 가중되었다. 나는 더 속력을 냈다. 숨이 막힐 때까지 세상을 껴안았다. 눈[雪]도 마찬가지였다, 눈을 먹고 싶었다. 나는 눈 소르베를 발명했다. 레몬을 꾹 짜서, 설탕과 진을 넣어 만든 영약(靈藥)을 가지고 숲으로 향했다. 나는 두껍게 가루처럼 내려앉은 아름다운 숫눈을 골랐다. 그 위에 물약을 붓고, 수저를 꺼내 취할 때까지 먹었다. 피 속에는 알코올이 몇 그램씩 흐르고, 가슴은 과식한 눈 때문에 화끈화끈거리는 채로 집에 돌아왔다.

뉴욕 프랑스 학교에 심히 우려할 만한 현상이 나타났다. 우리 반 여자애들 중 열 명이나 나를 좋아하게 된 것이다. 정작 나는 그들 중 두 명밖에 사랑하지 않았는데 말이다. 그러니까 숫자상의 문제가 있었다.

매일 큰길을 횡단하는 일이 없었다면 이 일은 허울뿐인 비극에 그쳤을 것이다. 정오가 되면, 학교 식당에서 같이 점심을 먹은 학생들이 센트럴 파크에서 한 시간 동안 쉬는 시간을 보낼 수 있었다. 이 공원의 규모나 아름다움으로 보아 이 시간은 학교에서의 일과 중 가장 기다려지는 시간이었다.

학교 측에서는, 이 숭고한 장소에 가려면 두 명씩 손

을 잡고 애들처럼 길게 줄을 지어 걸어야 한다고 했다. 그렇게 해야 학교에 욕되지 않고 센트럴 파크와 학교 사이에 있는 대로를 지나갈 수 있다고 말이다.

상황이 이런즉, 도로를 건너가는 동안 누구와 손을 잡을 것인지를 결정해야 했다. 나는 내 두 단짝인 프랑스인 마리와 스위스인 로즐린의 손을 번갈아 잡았다.

어느 날, 자비로운 로즐린이 내게 임박한 위기 상황을 알려 주었다.

「공원에 갈 때 너하고 손을 잡고 싶어 하는 우리 반 여자애들이 되게 많아.」

「난, 마리 아니면 네 손만 잡을 거야.」 나는 가차 없이 잘라 대답했다.

「걔들이 얼마나 불쌍한지 아니.」 로즐린이 반론을 제기했다.

「코린은 많이 울기까지 했다니까.」

그만한 일로 눈물까지 흘리다니 한심해도 너무 한심해, 하고 생각하니 내 입에서는 폭소가 터져 나왔다. 그런데 로즐린은 상황을 나처럼 보고 있지 않았다.

「가끔씩은 네가 코린이나 카롤린 손도 잡아 줘야 해.

그러면 좋겠어.」

술탄의 왕궁에 있던 규방에서도 똑같은 일이 벌어졌었다. 애첩들이 술탄을 찾아가 그동안 찾지 않았던 후궁들에게도 마음을 좀 쓰라고 조언을 했던 것이다. 애첩들의 이런 행동에는 한편으로는 자비심도 작용을 했을 것이고, 다른 한편으로는 신중하게 처신하겠다는 생각도 있었을 것이다. 술탄의 사랑을 받는다는 것은 불같은 적대감의 표적이 된다는 의미였을 테니까 말이다.

다음 날 나는 어진 성정(性情)에서, 큰길을 건너갈 때 네 손을 잡아 주겠노라, 코린에게 선언했다. 다음은 이상을 증명하는 절차. 점심을 먹고 나서 줄을 서고 있을 때 나는 후회막급의 심정으로 코린 쪽으로 다가갔다. 마리와 로즐린 쪽으로 절망에 찬 시선을 던지면서 말이었다. 이 두 애들은 내 총애를 받고 있기도 했지만 손도 아주 부드럽고 섬세했다. 그런데 솥뚜껑 같은 코린의 손을 억지로 잡아야 하다니.

어디 그것뿐이랴! 무엇보다 꺄악 꺄악 환호성을 지르는 코린의 소리를 듣고 있자니 미칠 노릇이었다. 코린은 두 손의 결합이 무슨 승리라도 되는 것처럼 느꼈는지, 하루 종일 떠들고 다니면서 전 지구적 사건이라도 되는 양 알렸다.

오전 내내 쉬지 않고 고래고래 소리를 지르며 소식을 전하고 다녔다.

「걔가 내 손을 잡을 거다!」

그리고 오후에는 내내 똑같은 말을 반복하며 지냈다.

「걔가 내 손을 잡았다고!」

나는 이 우스꽝스러운 에피소드가 여기서 마무리될 것이라고 믿었다.

다음 날 아침, 수업 시작 전에 교실에 도착한 내 눈앞에 꿈인지 생신지 모를 장면이 펼쳐지고 있었다. 코린, 카롤린, 드니즈, 니콜, 나탈리, 아니크, 파트리시아, 베로니카, 심지어는 내 두 애첩까지 미친 듯이 난폭하게 치고받고 하고 있는 것이 아닌가. 남자아이들은 이 장면을 즐기며 점수를 매기고 있었다.

내가 필리프에게 무슨 일이냐고 물었다.

「너 때문이지.」 필리프가 신이 나서 대답했다. 「네가 어제 코린의 손을 잡았던 모양인데. 지금 재들이 다 네 손을 잡겠다고 야단법석인거야. 여자애들, 멍청하기 짝이 없어!」

유감스럽지만 필리프의 말이 맞았다. 여자애들, 정말 멍청하기 짝이 없었다. 나는 박장대소를 하면서 남자 관중들 틈에 끼었다. 이 난투극이 2분 30초 동안 내 손을 만지고 싶은 욕망 때문에 벌어진 것이라는 생각을 하면서 희희낙락했다.

그런데 차츰 웃을 일만은 아니라는 생각이 들었다. 애들이 머리채를 쥐어뜯고 장딴지를 걷어차는 수준이 아니라, 서로 주먹질까지 하고 있는 게 아닌가! 이쪽에는 떼미는 애가 있지 않나, 저쪽에는 손가락으로 남의 눈을 찌르는 애가 있질 않나. 어느 순간에는 내 예쁘장한 애첩 하나가 럭비 경기 같은 이 난투극에서 엉망으로 얻어터지고 말 것 같아 보이는 게 아닌가.

나는 이때, 예수처럼 평화의 두 팔을 치켜 올리고 내 목소리를 통해 평온을 선포했다.

그러자 여자애들 열 명이 이내 싸움을 멈추고 나를 향해 숭배의 눈길을 보냈다. 웃지 않으려고 얼마나 기를 썼는지.

「자, 우리 어제 지나간 일은 잊읍시다. 이제부터 나는 마리와 로즐린하고만 손을 잡을 테니까.」 내가 말했다.

여덟 쌍의 눈에 일시에 쌍심지가 켜졌다. 반란이 임박함.

「그건 공정하지 않아! 어제는 코린의 손을 잡아 줬잖아! 그러니까 내 손도 잡아 줘야 하는 거 아니야?」

「그리고 내 손도!」

「그리고 내 손도!」

「나는 너희들 손을 잡고 싶지 않아! 마리랑 로즐린 손만 잡을 거야!」

마리와 로즐린은 제발 생각을 바꿔 달라고, 내게 비탄에 젖은 눈길을 보냈다. 그러고 보니 이 두 아이가 박해를 받을지도 모른다는 생각이 퍼뜩 머리를 스쳤다. 게다가 나머지 계집애들이 다시 소리를 지르기 시작했다.

「상황이 이렇다면,」 나는 목청을 높였다. 「내가 규정을 만들겠어.」

나는 커다란 종이를 한 장 집었다. 그리고 그 위에 앞으로 몇 달 동안의 손 스침 캘린더를 쓱쓱 그려 나갔다. 칸 하나가 한 번의 도로 횡단에 해당했다. 불공정한 내 마음이 가는 대로 칸마다 이름이 들어갔다.

「12일 월요일, 파트리시아. 13일 화요일, 로즐린. 14일 수요일…….」

이런 식으로 계속되었다. 내 애첩들의 이름은 훨씬 자주 들어갔다. 아무리 그래도 기호를 반영할 권리는 내게 있는 것 아닌가. 정말 배꼽 빠지게 웃겼던 것은, 규방의 후궁들이 순순히 내 결정에 따랐고, 이때부터 이 금쪽같은 문서를 들여다보러 오는 습관까지 생겼다는 것이다. 일정표를 경건하게 쳐다보다가 탄식을 하는 여자애를 보는 게 어디 한두 번이었던가.

「이런, 나는 22일 목요일이네.」

이 사건의 전말을 아연실색하며 지켜보던 남자아이들은 이렇게 말했다.

「여자애들, 정말 덜 떨어져도 한참은 덜 떨어졌어.」

나는 옳소! 하는 심정이었다. 나라는 사람을 향해 이토록 열렬한 애정을 보여 주니 나로서는 기쁘기 한량없는 일이었다. 하지만 이런 상황 자체는 도무지 납득이 되지 않았다. 만약 내가 나만이 가진 자질이라고 여기고 있던 몇 가지, 그러니까 능수능란하게 무기 다루는 솜씨, 멋진 다리 벌리기 솜씨, 내 시손(엇갈려 발끝 서기) 솜씨, 내 눈 소르베 혹은 내 감수성 때문에 여자애들이 나를 좋아했다면 이해가 갔을 것이다.

하지만 걔들은 교사들이 거창하게 뛰어난 두뇌라고 부르던 내 능력, 아주 쓰잘 데 없는 그 능력 때문에 나를 좋아했다. 내가 공부를 제일 잘했기 때문에 좋아한 것이다. 나는 걔들이 부끄러웠다.

그래도 내가 애첩 한 명과 손을 잡고 있으면서 느끼는 기쁨은 정신이 혼미해질 정도였다. 나는 마리와 로즐린에게 내가 어떤 의미인지 몰랐다. 호기심의 대상? 호화 사치품? 기분전환용? 아니면 진실한 애정? 걔들이 나에게 어떤 의미인지는, 나는 알고 있었다. 사람들한테 하도 많이 거부당하다 보니 이제 그 가치를 알 수 있게 된 것이다.

걔들이 나에게 주는 사랑, 이것은 내가 혐오해 마지않던 학교 시스템이 정한 법칙에 따른 것이었다. 열등생에게는 손가락질을 하고 우등생은 만인이 우러러보아야 하는 대상으로 만들어 버리는, 프랑스 학교의 그 구역질 나는 법칙을 따른 것이다. 하지만 나는, 나를 꿈꾸게 만드는 여자애들을, 아름다운 두 눈으로 모든 지표를 무너뜨려 버리는 여자애들을, 그 자그마한 손으로 신비의 종착지로 인도해 주는 여자애들을, 망각으로 흥분을 가져다주는 여자애들을 사랑했다. 그 애들은 그런데, 잘 나가는 여자애를 사랑했을 뿐이다.

집에서도 많이 다르지 않았다. 내 너무도 아름다운 엄마를, 나는 사랑으로 사랑했다. 엄마도 나를 사랑했다, 틀림없다. 하지만 나는 이 사랑이 예전과 같은 성질이 아니라는 것을 느낌으로 알았다. 엄마는 사람들이 내 뛰어난 두뇌라고 부르던 것, 이 덧없는 것에서 자부심을 느꼈다. 엄마는 이것을 나의 승리라고 부르며 떠벌리고 자랑했다. 이런 영광이 나였다는 말인가? 나는 그렇게 생각하지 않았다. 나는 꿈속에서, 그리고 숨이 막히지 않으려고 멋진 환영을 만들어 내며 천식으로 지새웠던 그 밤들의 고통 속에서, 내가 누군지 확인했다. 내 성적표는 내 신분증이 아니었다.

나는 천상의 여인 잉게를 사랑으로 사랑했다. 그녀도 나를 사랑했다, 틀림없다. 하지만 이 사랑 역시……. 그녀는 누구를 사랑했던 것일까? 자기에게 시를 써서 바치는, 코믹한 감정의 과잉 속에 불타는 연정을 고백하던 재밌는 꼬마 계집애를 사랑했던 것이다. 그 눈부신 광채가 나였단 말인가? 나는 그렇게 생각하지 않았다.

나는 고혹적인 쥘리에트 언니를 사랑으로 사랑했다. 오, 기적이여! 내가 언니를 사랑했던 것처럼 언니도 나를 사랑해 주었다. 조건 없이, 있는 그대로의 나를 사랑해 주었다. 언니는 옆에서 자면서 밤새 기침을 패는 나를 사랑해 주었다. 이 세상에도 진정한 사랑이 설 자리는 있었던 것이다.

남자들과의 문제는 다른 차원이지만 역시 간단했다. 그들을 사랑하거나 그들로부터 사랑 받거나 하는 문제이니, 순전히 정신적 차원의 현상이었다. 나는 아버지를 사랑했고 아버지도 나를 사랑했다. 여기에는 눈곱만큼도 복잡할 게 없었다. 이밖에 나머지는 염두에도 없었다.

나한테는, 남자애에 대한 사랑을 무슨 추구할 목표라도 되는 양 생각하는 것이, 영 망측스럽게 느껴졌다. 기를 쓰고 깃발이나 성배를 쟁취하는 일이야 가치가 있다. 하지만 남자애는 이것도 저것도 아니지 않은가. 나는 바로 이 점을 잉게에게 전력을 다해 설명하려고 애썼다. 유감스럽게도 잉게는 이 부분에 있어서는 아예 귀를 틀어막고 있었지만 말이다.

다른 측면에서 보면 남자애들도 나름대로 여러 가지 장점이 있었다. 싸움을 할 때는 최고의 파트너였고, 공도 여자애들보다 잘 찼고, 전투를 할 때 변덕을 부려 사람을 미치게 하면서 본질을 흐리는 일도 없었다. 나를 있는 그대로, 적으로서만 대했다.

나는 생각의 힘만으로 우리 반에 있던 어떤 자식을 죽이는데 성공한 적이 있다. 밤새도록 그 자식이 죽었으면 좋겠다고 빌었는데, 아침이 되니 망연자실한 여선생이 우리에게 진짜 그 자식의 사망 소식을 알려 주는 게 아닌가.

태산을 옮긴 자에게 동산을 옮기는 일쯤이야 식은 죽 먹기 아니겠는가. 당연히 단어도 죽일 수 있을 것이다.

내가 끔찍이 싫어하는 단어가 세 개 있었다. 괴롭다, 식사, 미역 — 미역이라는 단어는 특히 〈감다〉라는 동사와 함께 쓰이면 더욱 끔찍했다 —, 이 단어들의 의미는 나한테 특별히 문제가 되지 않았다. 동의어를 쓰면 전혀 문제가 없었으니까. 그런데 그 소리를 듣고 있자면 머리카락이 곤두섰다.

나는 밤새도록 이 단어들을 죽자고 증오하기 시작했다. 우리 반에 있었던 그 자식의 경우처럼 손가락 하나 까딱 하지 않고 승리를 쟁취할 수 있기를 기대하면서 말이다. 그런데 다음 날이 돼도, 이루 말할 수 없는 치욕을 겪은 문제의 단어들이 버젓이 사용되는 게 몇 번씩이나 내 귀에 들리는 것이 아닌가.

그러니까 법을 제정할 필요가 있었다. 나는 집과 학교에서 세 단어를 금지하는 칙령을 공포했다. 사람들이 눈이 똥그래져 나를 쳐다보았다. 그러고는 여전히 괴로워하고, 식사를 하고, 미역을 감았다.

나는 계도 차원에서 〈고통스럽다〉, 〈밥을 먹다〉, 〈수영을 하다〉라고 해도 똑같은 결과가 나온다고 설명했다. 사람들은 나를 당혹스럽게 바라볼 뿐, 사용하는 어휘는 전혀 바꾸지 않았다.

나는 광분했다. 이 단어들은 정말 너그럽게 봐주려 해도 봐줄 수가 없는 것들이었다. 부자연스럽게 입술을 순식간에 이중으로 오므려야 나오는 〈괴롭다〉는 동사의 첫 모음만 듣고 있어도 팔짝 뛸 노릇이었다. 〈식사〉라는 단어에서 연이어 ㅅ이 두 개 나오면서 만들어 내는 억지 춘향식 고상한 분위기, 이걸 들으면 살인의 욕망이 불타올랐다. 끔찍함의 절정은 〈미역을 감다〉라는 표현이었다. 앞뒤 단어를 추상적으로 결합해놓고, 이걸 가지고 감히 인간이 이 세상에서 이루어 낼 수 있는 가장 아름다운 것, 즉 물에 들어가는 행위를 지칭하겠다고 나서고 있지 않는가.

나는 사람들이 내 앞에서 이 세 단어를 쓰면 발광하기 시작했다. 사람들은 어깨를 한 번 으쓱할 뿐 그 못돼먹은 언어 습관을 버리지는 않았다. 나는 입에 게거품을 물었다.

언니는 나와 같은 생각이라고 자기 입장을 밝혔다.

「그 세 단어들은 정말이지 너무 흉측해. 나는 이 단어들을 절대 쓰지 않을 거야.」

이 지구 상에 나를 사랑하는 사람이 있기는 있었나 보다.

크리스마스 휴가 때, 벨기에 기숙학교에서 풀려난 오빠가 2주 동안 우리와 함께 지내러 뉴욕으로 왔다. 오빠는 내 어휘 관계법들을 반갑게 전해 듣고 나더니,

금지 대상 단어를 1분에 네 번꼴로 쓰기 시작했다. 오빠는 내 반응을 관찰하면서 신이 났었다. 그리고 내가 영화 「엑소시스트」의 여주인공을 닮았다고 했다.

2주가 지나자 오빠는 다시 예수회 도형장으로 되돌려 보내졌다.

나는 오빠가 공항으로 떠나는 모습을 보면서 〈보라고, 이게 내 법령들을 무시한 대가야〉 하고 생각했다.

결국 남자들과의 문제는 단어와의 문제보다는 훨씬 간단했다고 할 수 있다. 하룻밤 집중해서 남자애 하나를 살해할 수 있었으니 말이다. 그런데 단어들에 대해서는, 무력하기만 했다.

나는 운이 나빴다. 그 꼴불견 같은 세 단어가 하필이면 일상에 자주 쓰이는 단어일 게 뭐람. 단 하루도 대화 도중에 이 단어들이 불쑥불쑥 튀어나오지 않는 날이 없었다. 약방의 감초 같은 존재였다.

만약 묵뫼, 짚홰기, 각설(却說) 같은 단어에 알레르기 반응이 있었다면 내 삶이 훨씬 덜 복잡했을 것이다.

하루는 학교 책임자 한 명이 엄마에게 전화를 했다.

「댁의 따님은 과잉 발달한 두뇌를 가지고 있습니다.」

「알고 있어요.」 엄마는 이런 이야기를 들어도 그다지 놀랍지 않다고 대답했다.

「어머님께서는 그것 때문에 따님이 힘들어한다고 생각하십니까?」

「우리 딸은 절대 힘들어하지 않아요.」 엄마는 박장대소하면서 말했다.

엄마는 전화를 끊었다. 수화기 저편에서 전화를 건 남자가, 내가 정신 이상인 것은 집안 내력이라고 생각했을 게 틀림없다.

더군다나 엄마가 틀린 것도 아니었다. 언어 알레르기와 천식의 고통을 제외하면 나는 별달리 힘든 게 없었다. 사람들이 내가 소유한 초월적 정신 능력이라고 생각하던 것이, 내게는 아주 기막힌 희열의 도구였으니 말이다. 나는 배가 고팠다. 그리고 분명히 포만감까지는 줄 수 없었지만, 그래도 배고픔이 있던 자리에서 쾌락을 촉발하던, 그런 세계들을 나 혼자 만들어 낼 수 있었다.

여름 방학 기간에, 우리 부모님은 세 자식을 켄트 클리프스 산장에서 별로 멀지 않은 곳에서 하는 아동 캠프에 등록시켰다. 우리가 영어를 좀 더 유창하게 할 수 있게, 백 퍼센트 미국적인 분위기에서 체험 학습을 시키려는 생각에서였다.

아버지는 매일 아침 아홉 시에 우리를 캠프장으로 운전해 데려다 주었다. 그리고는 저녁 여섯 시가 되어서야 데리러 왔다. 캠프의 일과는 당연히 세상에서 가장 괴상망측한 국기에 대한 경례로 시작되었다.

모든 아이들과 교사들이 막 게양된 성조기를 가운데 두고 풀밭에 모였다. 그러면 이 자리에 모인 백여 명의 가슴으로부터 국기에 대한 맹세가 올라왔다.

「투 더 플래그 오브 더 유나이티드 스테이츠 오브 어메리카, 원 네이션, 원*To the flag of the United States of America, one nation, one*…….」

대문자가 도드라져 들리던 이 애국주의적 장광설은 열기로 가득한 웅성거림 속으로 잦아들었다. 앙드레 오빠, 쥘리에트 언니, 그리고 나는 이 어리석은 행동에 놀라움을 금할 길이 없었다. 뉴욕도 아니고 이 숲 속 한가운데서 진정한 미국적 가치를 키워 가고 있다니. 얼마나 단순무식한지 배꼽이 빠질 지경이었다.

오빠, 언니, 그리고 나는 몰래 다른 가사를 붙여서 읊조렸다.

「투 더 콘 플레이크스 오브 더 유나이티드 스테이츠 오브 어메리카, 원 케첩, 원*To the corn flakes of the United States of America, one ketchup, one*…….」

교사들은 우리를 불가리아 3인방이라고 불렀다. 우리가 벨기에 사람이라고 밝혔을 때 그렇게 이해한 모양이었다. 교사들은 아주 친절했고, 동구권 아이들이 캠프에 다니게 돼서 얼마나 기쁜지 모르겠다고 했다.

「너희들이 자유 국가에 오게 되다니, 얼마나 멋진 일이냐!」

캠프에는 날씨가 좋을 때 하는 프로그램과 우천시 하는 프로그램이 따로 있었다. 날씨가 기가 막혔기 때문에 우리는 하루에 몇 시간씩이나 승마를 배울 수 있었다. 아주 드물게 비가 오는 날이면, 우리는 아파치 인디언식 안장깔개와 이로쿼이 인디언식 장신구를 만드는 기술을 배웠다.

아메리카 수공업 — 위에서 소개한 과목의 이름이다 — 을 맡은 교사의 이름은 피터였는데, 나를 열렬히 사모했다. 내가 수 인디언식 목걸이를 만들고 있을 때, 기회만 있으면 이 구슬 저 구슬을 넣어서 만들어 보라고 제안을 할 정도였다.

「너는 정말로, 진짜 불가리아 얼굴로 생겼어.」 그가 나에게 사랑이 넘치는 음색으로 말했다.

나는 내가 정말 어디 출신인지 설명을 해나갔다. 나는 벨기에 출신인데, 스페퀼로를 발명한 나라가 바로 벨기에라고, 벨기에 초콜릿이 최고라고.

「소피아야, 맞지, 벨기에 수도가?」 그가 나긋나긋하

게 물었다.

나는 더 이상 내 주장을 펼치지 않았다.

피터는 서른다섯 살이고 나는 아홉 살이었다. 그에게는 내 또래의 테리라는 아들이 있었는데, 걔는 한 번도 나한테 말을 건 적이 없었다. 그리고 그건 나 역시 마찬가지였다. 어느 날 저녁, 피터가 우리 아버지에게 다음 날 밤에 나를 자기 아들과 같이 놀게 하다가 집에서 재워도 되겠냐고 물어보았다. 아버지는 좋다고 했다. 나는 이것 참 요상하네, 하고 생각했다. 테리가 나를 찍었다면 참 감쪽같이도 속이고 있었네, 하면서 말이다.

다음 날 저녁, 피터가 나를 자기 집으로 데려갔다. 벽에 아파치식 안장깔개들이 걸려 있었다. 못생겼지만 친절한 피터의 아내는 샤이엔 인디언식 패물을 걸치고 있었다. 나는 테리와 같이 TV를 보았다. 걔는 내게 한 마디도 건네지 않았고, 나 역시 마찬가지였다.

저녁 식사는 비참했다. 내 맹세하는데, 식탁에 올라온 페미컨 햄버거 속에는 진짜 짓이긴 거미 파테가 들어 있었다. 불가리아에 경의를 표하는 차원에서 요구르

트도 내놓았다. 그다지 진품(眞品)(피터는 이 단어를 즐겨 썼다)이 아니어서 미안하다고 했다.

그러고 나서 나는 커다란 침대만 하나 덩그러니 놓인 큰 방으로 안내되었다. 테리와 같이 자지 않는 게 이상했지만, 속으로는 그게 더 좋았다. 나는 잠옷을 입고 잠자리에 들었다.

이때 피터가 천에 싼 큼지막한 물건을 하나 들고 들어왔다. 그는 나 가까이, 침대에 앉았다. 사뭇 감정이 북받친 피터가 천을 걷어 내고 철모를 하나 보여 주었다.

「우리 아버지 철모야.」

나는 예의바르게 쳐다보았다.

「아버지는 너희 나라를 해방시키려다 돌아가셨어.」 그가 몸을 부들부들 떨며 말했다.

나는 그가 어떤 나라 이야기를 하는지, 무슨 해방의 시도를 말하는 건지, 감히 캐묻지는 못했다. 이런 경우에는 어떻게 하는 것이 예의에 맞는지, 참으로 당혹스러웠다.

〈우리 불쌍한 나라를 해방시키기 위해 당신 아버지를 파견해 죽게 만든 미국, 고마워요〉, 뭐 이 비슷한 말이라도 해야 했을까? 너무나 어처구니없는 상황이었고, 나는 어린 자존심에 상처를 입었다.

하지만 여기까지는 아무것도 아니었다. 피터는 아버지의 철모를 한참 동안 뚫어지게 쳐다보다가, 울음을 터뜨리며 나를 팔에 끌어안고는, 격하게 되풀이해 소리쳤다.

「아이 러브 유! 아이 러브 유!」

그는 미친 사람처럼 나를 꽉 껴안았다. 나는 그의 어깨에 머리를 얹은 채 수치심으로 인상을 찡그렸다.

이렇게 아주 오랜 시간이 흘렀다. 그런 고백을 하는 사내에게 대체 무슨 말을 할 수 있단 말인가? 아무런 말도 할 수 없었다.

결국에는 그가 나를 침대에 눕혔다. 그는 얼굴이 눈물범벅이 되어 나를 뚫어지게 쳐다보고, 내 뺨을 애무했다. 그는 나를 사랑하는 것 같았는데, 나는 자리를 피하고 싶었다. 절대 그를 나무랄 일은 아니라는 인식은 분명히 있었는데, 그래도 나는 도무지 몸 둘 바를 몰랐다. 그는 내게 액터스 스튜디오[8] 출신 배우 같은 목소리

8 Actors Studio. 뉴욕에 있는 유명한 직업 배우 스튜디오.

로, 자기와 〈이 순간을 함께 해주어〉 고맙다고 했다.

그러고 나서 그는 나를 방에 혼자 내버려둔 채 나가버렸다.

나는 당혹스러운 하룻밤을 보냈다. 이때만큼 당혹스러운 적은 그 이후로 한 번도 없었다.

개학이 되어 뉴욕으로 돌아옴.

잉게는 클레이튼 늘린과의 사랑에 손톱만큼도 진전이 없었다. 엄마는 잉게에게 말을 걸어 보라고, 먼저 다가가라고 조언했다.

「그렇게는 절대 안 해요.」 잉게가 콧대 높게 말했다.

나는 그녀와 많은 시간을 보냈다. 그녀를 쳐다보는 게 너무나 좋았다. 그녀가 거울 앞에서 이 옷 저 옷 입어 보면 나는 평을 했다. 자칫하면 〈런드리〉가 있는 층으로 세탁을 하러 내려가면서 파티 드레스라도 입을 태세였다.

그녀는 무슨 핑계라도 대고 세탁기에 빨랫감을 넣으

러 가곤 했다. 언제 클레이튼 눌린도 세탁실로 가는지 예측할 수 있다고 했다. 하지만 그를 보는 순간 그녀는 딴판이 되었다. 그녀는 얼굴이 굳어져 버렸다.

우리가 도대체 몇 번이나 클레이튼 눌린과 함께 엘리베이터를 탔는지 모른다. 그, 그녀, 그리고 나 이렇게 셋이 엘리베이터 안에 함께 있는 게 강박적으로까지 느껴졌다. 그녀는 그를 빨아들일 듯이 쳐다보고, 그는 그녀에게 눈길조차 주지 않고, 나는 무력하게 이 상황을 지켜보고 있었다.

어느 날 저녁, 기적이 일어났다.

잉게와 나는 전설 같은 독신남과 동시에 엘리베이터에 올라탔다. 그때 엄청난 일이 벌어졌다. 내가 클레이튼 눌린이 된 것이다. 이내 두 눈이 뜨이면서, 나는 보았다. 나는, 내 앞에서, 사랑으로 숨이 막힌 채 나를 쳐다보고 있는, 세상에서 가장 아름다운 처녀를 보았다. 나는, 한 고결한 여성이 사랑으로 사랑하는 남자였다. 나는 신이었다.

내가 자기가 되지 않았더라면, 이 둔한 클레이튼 눌린이 절대 잉게 같은 미녀를 알아보지 못했을지도 모른다. 그렇다고 그가 완전히 나와 일체가 된 것은 아니었다. 그가 한쪽 무릎을 꿇고 잉게에게 청혼을 한 것은 아니었으니 말이다. 하지만 우리는 드디어 클레이튼 눌린의 목소리를 들어 볼 수 있었다. 그는 잉게에게 함께 저녁을 먹으러 가지 않겠냐고 물어보았다.

그의 목소리는 아름다웠다. 그토록 기다렸던 시간이 도래했다.

나는 그 미국인의 눈이 되었다. 나는 이 넋 나간 처녀를 보았다, 그녀의 심장 박동이 멎었을 것이라고 생각했다, 나는 그녀의 생명이 되었다, 이 엘리베이터는 동산이었다, 자그만 뱀 한 마리가 연인의 손을 잡고 있었다, 인류 역사의 가장 위대한 순간이었다.

이 아홉 살짜리 꼬마는 두 명의 선민(選民), 즉 내 상상 속의 여인이요, 절대 완벽이라는 20년 세월의 결정체인 잉게와 그녀의 상상 속 남자, 내가 능력을 빌려 준 남자, 오늘 최고로 행복한 사람임에 틀림없는 그, 이렇게 둘 사이에서 벌어지고 있는 일을 지켜보고 있었다.

잉게는 이제 목소리를 잃어버렸다, 그녀는 그녀의 두 눈이었다, 이런 눈길을 받을 수 있다면 클레이튼 눌린이라는 사람도 될 만한 것 아닌가. 혹시 인류 전체가, 잉게 같은 천상의 피조물이 단 1분 동안 누군가를 그런 눈길로 쳐다봐 준다는 딱 한 가지 조건에, 매수된 것은 아닐까?

벌써 그는 그녀의 품속으로 들어갔다, 그리고 그녀는 그의 숨결을 느꼈다, 네게 엄청난 비밀을 말해 줄게, 나는 내 생애보다 훨씬 오랜 시간동안 너를 기다렸어, 너에게로 오기 위해 그 수천 년의 시간을 말이야, 네 두 손이 마침내 내 얼굴을 감쌀 때까지 말이야, 나는 이제야 내가 왜 숨을 쉬는지 알겠어, 비록 이 순간은 숨마저 멎어 있지만 말이야, 네게 엄청난 비밀을 말해 줄게, 사는 것보단 죽는 게 쉬워, 그래서 나는 너를 위해 살 거야, 내 사랑, 왜냐하면 진정한 연인이라면 누구나 알던 모르던 간에 루이 아라공을 인용하니까.

이런 법칙이 있다. 동산이 있고, 남자, 여자, 욕망, 그리고 뱀이 있으면 비극은 필연적으로 발생하게 마련이라는. 전 세계적 규모의 재앙이 뉴욕 엘리베이터 안에서 일어나고 말았다.

잉게가 목소리를 되찾았다. 도무지 알 수 없는 싸늘함이 두 눈에 서리는가 싶더니, 그녀가 역겨운 한마디를 대답으로 내뱉었다.

「아니요.」

아니요, 이제 클레이튼 눌린과 함께 먹는 저녁도 없을 것이고, 이제 사랑도 없을 것이다, 너는 나를 수천 년 동안이나 기다려왔는데, 나는 네게 바람을 맞히고 있지, 너는 허공을 부여안을 것이고, 너의 숨결은 그 누구의 가슴에도 불을 지피지 못하겠지, 나는 동산 때부터 너를 기다리고 있었는데, 그런데 아무 일도 일어나지 않는다니, 그게 바로 불행을 갈구하는 절정의 욕망이라니, 나는 네게 아무 비밀도 말하지 않을 거야, 사는 것보다는 죽는 게 쉬워, 그래서 내 평생은 죽음으로만 장식될 거야, 매일 아침 눈을 뜨면 제일 먼저 내가 이미 죽었다는 생각이 들겠지, 내 생명이나 다름없던 그 남자에게 〈아니요〉라고 말하는 순간 나는 자살하고 말았다는 생각이, 그렇게, 아무 이유도 없이, 모든 걸 망쳐버리는 이 현기증 말고 다른 이유는 없이, 〈아니요〉라는 단어의 구역질 나는 위력, 내 존재의 결정적인 순간에 나를 휘감아 버린 그 〈아니요〉라는 말, 횃불을 끄시오, 성장(盛粧)을 벗으시오, 축제는 시작도 하기 전에 끝나 버렸소, 이제 태양은 사라지고, 시간도, 세상도 사라지고 말았소, 이제 모든 게 사라져 버렸소, 내 가슴에는 이제 〈왜〉라는 거대한 물음표마저 자취를 감추고 말았다, 나는 두 손에 우주를 움켜쥔 사람이었다, 그런 내가 우주의 소멸을 결정했다, 우주의 생존을 너무나 간절히 바라면서도 말이다, 나는 도무지 무슨 일이 벌어진 건지 이해를 할 수 없다.

아무도 무슨 일이 벌어졌는지 이해하지 못했다. 잉게는 자기가 왜 〈아니요〉라고 말했는지 이해하지 못했다. 이 말 때문에 나는 급작스럽게 미국인의 몸 밖으로 내몰렸다. 나는 다시 나로 돌아왔고, 아직도 의아해하는 두 눈을 들어 젊은 처녀의 얼굴을 바라보았다.

〈아니요〉의 효과가 클레이튼 늘린의 가슴으로 들어가는 게 보였다. 거대한 뭔가가 이내 죽고 말았다. 그는 품위를 잃지 않으며 반응했다. 그저 〈오〉 하는 소리만 작게 내뱉을 뿐이었다.

하늘도 까무러칠 곡언법이다. 자기에게 세상의 종말

이 일어났는데, 기껏 한다는 소리가 〈오〉라니 말이다.

그러고 나서 발밑을 내려다보더니 그는 입을 다물고 말았다. 그 이후로 우리는 다시는 그의 목소리를 들을 수 없었다.

엘리베이터가 16층에서 멈추었다. 잉게와 나는 엘리베이터에서 내렸다. 세상의 종말을 불러온 사건이, 뉴욕의 한 엘리베이터에서, 지하 1층과 지상 16층 사이에서 벌어진 것이다.

엘리베이터의 양쪽 자동문이 다시 닫히며 클레이튼 눌린을 태우고 가버렸다.

나는 잉게의 얼음장 같은 손을 잡고는, 그녀의 시체를 집까지 끌고 갔다.

잉게는 소파 위에 쓰러졌다.

그녀는 넋이 나간 채 몇 시간을 이 말만 되뇌었다.

「왜 〈아니요〉라고 말했을까? 내가 왜 〈아니요〉라고 말했을까?」

내가 그녀에게 제일 먼저 물어본 것도 그것이었다.

「왜 〈아니요〉라고 말했어?」

「나도 모르겠어.」

엄마가 달려왔다. 잉게가 흑흑 느끼는 몇 마디로 비극의 전모를 설명했다.

「왜 〈아니요〉라고 했어요, 잉게?」

「저도 모르겠어요.」

그녀는 울지 않았다. 그녀는 죽어 버렸다.

엄마는 역사의 흐름을 되돌리기로 마음먹었다.

「심각한 건 아니에요, 잉게. 그냥 여기서 끝내진 않을 거죠? 실수를 만회해야죠. 지금 당장 그 사람 집을 찾아가서, 이제 보니 오늘 저녁에 시간이 비더라고 말해요. 아무렇게나 둘러대요. 아까는 수첩을 잘못 봤었다고 하든가, 하여튼 닥치는 대로 지어내요. 한 번의 실수로 이런 기회를 놓치는 것은 너무 바보 같은 일이에요.」

「아니에요, 사모님.」

「이런, 아니라니, 왜요?」

「그럼 거짓말을 하는 게 돼요.」

「그 반대지. 진실을 바로 잡는 것이죠. 잉게가 〈예〉라고 생각하면서 〈아니요〉라고 말했으니, 거짓말이라면 그게 거짓말이죠.」

「아니에요, 그건 거짓말이 아니었어요.」

「그럼 뭐였어요?」

「그건 불행의 목소리였어요. 그건 운명이었다니까요.」

「아니, 잉게, 이게 무슨 바보 같은 짓이에요!」

「아니에요, 사모님.」

「그럼 내가 직접 가서 그 사람에게 대신 이야기해 줄까요?」

「제발 그러지는 마세요, 사모님.」

「잉게, 이건 완전히 밑 빠진 독에 물 붓는 꼴이에요.」

「그게 인생인걸요.」

「누구든 실수는 할 수 있어요. 실수는 바로잡으면 되는 거고.」

「너무 늦었어요, 사모님. 더 이상 강요하지 마세요.」

그녀는 고집을 꺾지 않았다.

나는 그날 저녁 끔찍한 사실을 알게 되었다. 단어 하나 때문에 인생이 통째로 망가질 수도 있다는 사실을.

그 단어가 그저 아무 단어가 아니었음은 분명히 해 두자. 그것은 〈아니요〉라는 단어였다, 죽음의 말, 우주의 붕괴였던 것이다. 이 단어가 꼭 필요한 단어인 것은 분명하다. 하지만 뉴욕 엘리베이터 사건 이후, 이 단어를 입 밖으로 꺼낼 때마다 쉬익 하는 탄환 지나가는 소리가 내 귀에 들려왔다. 미국 서부에서는 총 개머리판에 난 홈 하나가 시체 한 구를 의미한다. 그러니 최고의 총은 바로 패인 홈의 숫자에 따라 결정된다. 만약 단어에도 그런 추억이 있다면, 〈아니요〉라는 단어가 단연 가장 많은 시체를 자랑하는 단어일 것이다.

잉게는 얼마 지나지 않아 모델 에이전시에서도 해고되었다.

「당신은 아름다워 보이기에는 너무 불행해요.」 모델 모집자가 그녀에게 냉정하게 말했다.

애석함. 그녀는 이제 더 이상 나무젓가락처럼 보이려고 다이어트를 할 필요가 없었다.

잉게는 계속 삶을 살아 나갔다. 남자도 사귀었다. 내가 그 이후의 그녀의 인생에 대해 다 안다고는 물론 말할 수 없다. 하지만 이것 하나는 분명하다. 그녀라는 존재의 본질은 그 엘리베이터 안에서, 터무니없는 말 한

마디 때문에, 내가 지켜보는 가운데 죽었다.

나는 그 후 다시는 그녀의 웃는 모습을 볼 수 없었다.

삶 속에 들어 있는 죽음이 나는 무서웠다.

나는 안도감을 느끼기 위해 지나치게 많은 사랑을 갈구했다. 핏기 없는 백성들을 세금으로 짓누른 중세의 봉건 영주처럼, 나는 애첩들에게 비인간적인 사랑의 조공을 요구했다. 문자 그대로 나는 그들의 무릎을 꿇렸다.

그녀들은 자비로운 마음으로 내 요구에 응해 주었다. 하지만 이들이 바치는 사랑의 봉헌에 나는 절대 만족할 수가 없었다. 잉게는 죽었고, 내게 더는 사랑을 줄 수도 없었다. 그래서 나는 이 세상에서 가장 고결한 여인, 엄마에게로 눈길을 돌렸다.

나는 엄마 목에 매달렸다.

「엄마, 나를 사랑해 줘.」

「사랑해.」

「더 많이 사랑해 줘.」

「아주 많이 사랑해.」

「그것보다 더 많이 사랑해 줘.」

「사람이면 누구나 제 속으로 낳은 자식을 사랑하듯, 그만큼 많이 사랑해.」

「그래도 그것보다 더 사랑해 줘!」

엄마는 갑자기 자신을 휘감는 괴물의 모습을 보았다. 엄마는 자기 몸에서 나온 괴물을 보았다. 육화(肉化)된 배고픔을, 거대한 두 눈을 달고 상식을 벗어난 포만감을 요구하고 있는 괴물을 본 것이다.

엄마에게 어둠의 영령이 깃든 게 분명했다. 엄마의 입에서 누가 들어도 가혹하다고 느낄, 하지만 엄마로서는 단호하게 할 수밖에 없었던 한마디가 흘러나왔다. 이후의 내 인생에 결정적인 영향을 끼친 말이었다.

「그래도 내가 더 사랑해 줬으면 하거든 나를 유혹해 보렴.」

나는 이 말에 분개했다. 울부짖었다.

「싫어! 엄마는 엄마잖아! 내가 엄마를 유혹할 수는 없지! 엄마는 당연히 나를 사랑해 줘야지!」

「그런 건, 그런 건 없어. 누구도 다른 사람을 사랑할 의무는 없어. 사랑은 노력해서 얻는 거야.」

나는 맥이 확 풀렸다. 내가 살면서 들은 가장 끔찍한 소식이었다. 내가 엄마를 유혹해야 하다니. 엄마로부터 사랑을 받으려면, 그리고 다른 누구로부터도 사랑을 받으려면 자격을 갖춰야만 한다니.

그러니까 그저 〈짠〉 하고 나타나서 사랑해 달라고 요구하면 되는 일이 아니라는 것이다. 그러니까 내 본질이 신이 아니라는 이야기였다. 그러니까 내가 요구한 하늘만큼 땅만큼의 사랑은 당연한 게 아니라는 소리였다. 이 소나비 같은 〈그러니까〉에 나는 할 말을 잃었다.

엄마를 유혹하는 것, 이게 장난은 아닐 것이다. 어떻게 하면 된다? 아무런 생각도 떠오르지 않았다.

더 어려운 문제는 사랑을 받을 자격이 있어야 한다는 것이었다. 마치 앞으로는 세금을 내야 한다는 소식을 접한 영국 왕실 같았다. 뭐야? 나한테는 뭐든지 당연히 주어지는 것 아니었어?

더군다나 나는 너무나 많은 사랑이 필요하리라는 사실을 감지하고 있었다. 적당량 가지고는 만족하지 못할 테니까. 결국 터무니없이 많은 사랑을 받으려면 이에 필요한 자격을 갖춰야 한다는 이야기다. 단적으로 말해 내가 아주 용을 써야 한다는 이야기다.

할 일이 태산 같았다. 그리고 앞으로의 일은 불 보듯이 뻔했다. 이것 때문에 평생 고생하게 될 게 분명했다.

이런 생각이 들자 시작도 하기 전에 진이 빠졌다.

다행히도 쥘리에트 언니가 있었다. 언니와는, 과잉이 절대적이고 무조건적이었다.

언니는 숭고한 아름다움을 지녔다. 이해할 수 없는 형용사들을 박아 넣어 시를 썼다. 긴 머리카락에 늘 꽃을 꽂고 다녔다. 언니는 자기 두 눈에 화장을 하고, 성적표에도 화장을 시켰다. 언니는 말[馬]들로부터 사랑을 받았다. 음감도 있었다. 한번은 같은 반의 어떤 자식하고 결투를 하다가 손가락이 잘린 적도 있었다. 크레이프를 공중으로 날려 빙빙 돌릴 수도 있었다. 언니는 어른들에게도 무람없이 대했다.

나는 언니에게 매료되었다.

부모님은 언니가 테오필 고티에의 작품들을 읽는다고 칭찬했다. 나는 여기서 엄마를 유혹할 수 있는 기막힌 발상을 얻었다.

나는 내 나이 수준을 뛰어넘는 책들을 읽기로 마음먹었다. 『레미제라블』을 읽었다. 너무나 좋았다. 테나르디에 가족에게 구박받는 코제트, 정말 감칠맛이 났다. 자베르 경감에게 쫓기는 장 발장의 이야기는 나를 황홀하게 만들었다.

나는 사람들에게서 감탄을 유발하기 위해 책을 읽었다. 그런데 책을 읽다 보면 감탄하고 있는 내 자신을 발견하게 되었다. 감탄하는 것, 이것은 오묘하고도 절묘한 행위다. 두 손이 따끔따끔거리고, 호흡이 쉬워졌다.

독서는 감탄하기 위한 최적의 방법이었다. 나는 자주 감탄하기 위해 책을 많이 읽기 시작했다.

뉴욕에서의 생활은 쉼 없는 황홀의 순간이 이어지는 가운데 계속되었다.

긴 물줄기를 타고 흐르는 환희였다. 하지만 언니와 나는 이미 법칙을 간파하고 있었다. 이것도 한때에 그칠 것임을. 벨기에 외무부에서 결정을 내리는 순간 우리는 그 결정에 따라 다른 곳으로 가야만 하기 때문이었다.

그러니까 이 순간 최대한 취해야 했다. 아버지의 다음 임지가 어딜지는 모르지만 뉴욕보다 더 광란적인 나라일 수는 없었다. 그곳에는 틀림없이 뉴욕보다 위스키도 적을 테고, 야간 외출도 지금만큼은 할 수 없을 것이다.

나는 수전 파렐이라는, 당시 뉴욕의 별이던 여자 무용수를 사모하게 되었다. 그녀는 소름 끼치도록 우아했다. 나는 그녀가 나오는 발레 공연은 다 보러 갔다. 하루는, 무대 뒤에서 그녀가 신고 공연한 발레 슈즈를 사기 위해 기다린 적이 있었다. 사랑으로 이글거리는 내 두 눈 앞에서, 그녀는 작디작은 발에 신고 있던 발레 슈즈를 벗었다. 내 앞으로 헌사를 쓰고는 나를 포옹해 주었다.

내 나이는 아홉 살이지만 발 치수는 수잔 파렐과 같다는 사실을 알게 되었다. 토 자세를 하도 많이 연습하다보니, 발가락이 오그라든 게 분명했다. 그때부터 나는 경건하게, 그녀의 발레 슈즈만 신고 다녔다. 학교에서는 발끝으로 걸어 다녔다. 같은 반 남자 애들은 이제 내가 정신 이상이라는 증거가 생겼다고 말했다.

발목에 수전 파렐이 신었던 발레 슈즈의 리본을 묶고 있으면, 그야말로 그녀의 두 발이 내 발을 감싸 안는 것 같은 느낌이 들었다. 나는 무아의 경지에 빠져 전율했다.

나는 교사의 눈을 똑바로 쳐다보면서 수업을 들었다. 가장 모범적인 집중 자세를 보이는 듯한 인상을 주면서 말이었다. 하지만 그 순간 나는, 내게 영감을 불어넣은 수전 파렐의 발가락처럼 곤경에 빠진 내 발가락만 생각했다. 이로 인한 내 희열감은 잦아들 줄을 몰랐다.

여름 동안 아버지는 우리를 닷지[9] 자동차에 태워 미국 서부를 구경시켜 주었다.

나는 그때까지 〈크다〉라는 단어의 의미를 안다고 생각하고 있었다. 그런데 막상 미국을 차로 달려 보니, 아주 어렴풋하게나마 크다는 게 정말 어떤 의미인지 알고 싶으면 나처럼 해봐야 한다는 생각이 들었다. 곧게 뻗은 도로를 며칠이고 달려도 사람 그림자 하나 볼 수 없는 미국을 차로 여행해 봐야 한다는 생각이.

끝이 없는 사막, 어찌나 드넓은지 경작을 하지 않는 것처럼 보이던 밭, 까마득히 펼쳐진 초원, 하늘을 찌를

9 Dodge. 1913년 닷지 형제가 설립한 자동차 브랜드.

태세로 치솟은 산, 인적이 없는 시골, 좀비들이 들어찬 모텔, 나이가 얼마나 많은지 그 앞에서 우리 인생 따위는 보잘것없게만 느껴지던 나무들, 캘리포니아, 그리고 내 열 번째 생일을 맞아서 갔던, 이내 내 마음을 다 바쳐 사랑하게 된 샌프란시스코.

들쭉날쭉 고도(高度)의 변화가 극심한 샌프란시스코, 이 도시는 나에게 골든게이트 다리였고, 거리 곳곳에서 불현듯 튀어나오는 히치콕의 영화 「현기증」의 기억이었다.

열 살. 내 인생의 최고 정점인 나이, 유년기의 절대적 성숙. 내가 느끼던 행복만큼 불안감도 컸다. 멀리서 종말을 고하는 소리가 들렸다. 사춘기를 알리는 둔탁한 소리는 아직 들리지 않지만 출발을 고하는 음산한 소문들은 구체화되고 있었다.

뉴욕에서 보내는 마지막 해가 될 것이다. 12개월 조금 넘게 남았다. 벌써 어디서든 느껴지는 이 죽음의 감촉 때문에 모든 것이 너무도 숭고하고 너무도 가슴 절절하게 다가왔다. 장차 연주할 망향곡을 위해 오케스트라들은 이미 튜닝을 시작했다.

아버지는 내년 여름에 방글라데시로 발령을 받을 것

이라는 사실을 알게 되었다. 아버지 생애에 처음으로 대사가 될 것이라고 했다. 아버지는 그토록 지겨워하던 유엔을 마침내 떠나게 된다는 사실에 한층 더 기뻐했다.

우리는 가보지는 않았어도, 방글라데시가, 세상에서 제일 못사는 이 나라가 뉴욕과는 정반대일 것이라는 사실은 알고 있었다. 나는 예방 차원에서 위스키 양을 두 배로 늘렸다. 신중을 기할수록 좋지 않겠는가.

나는, 삶이란 알코올이 첨가된 긴 희열의 시간이라는, 무용수들이 가득하고 뮤지컬들이 생기를 불어넣는 시간이라는, 맨해튼의 고층 빌딩들이 시야를 장식하는 희락의 시간이라는 생각에 그동안 너무 익숙해져 있었다.

앞으로 가게 될 나라의 처참한 빈곤 따위는 생각하지 않는 편을 택했다.

쥘리에트 언니와 나는 합의하에 방탕한 생활에 빠져들었다. 예전 할로윈에는 마귀할멈이나 게이샤로 진부하게 분장을 했었다. 하지만 우리 인생에서 마지막으로 맞는 올해 할로윈에는, 언니는 세기말 풍의 템플 기사단 단원으로, 나는 화성인의 탑으로 분장했다. 우리는 어두컴컴한 거리를 걸어 다니며 고래고래 야만적인 노래를 불러 대고, 지나가던 행인들을 검으로 공격했다.

언니는 우리가 쥐꼬리만큼 저축해 놓은 돈을 뉴욕에서 다 써버리고 가야 한다고 선언했다.

「어차피 방글라데시에는 아무것도 살게 없을 테니까.」 언니가 경고했다.

우리는 저금통을 깨고 바에 가서 아이리시 커피, 위스키 샤워 온 더 락스, 불퉁한 이름이 붙은 이런 저런 칵테일을 마셨다. 집에 돌아와서는 언니가 비까번쩍하게 압생트 술이라고 부르던, 그린색 샤르트뢰즈로 마무리를 했다. 잉게가 건네주던 담배는 우리의 혈중 알코올 농도를 다섯 배로 증가시켰다. 학교에서 나는 숙취를 느꼈다.

「얼마나 멋진 인생이야!」 우리는 입을 모아 말했다.

뉴욕을 떠나는 것, 이건 내 애첩들과의 작별을 의미했다. 나는 마리와 로즐린을 향한 애정을 가일층 불태웠다. 우리는 불멸의 사랑을 약속하고, 서로의 피와 손톱, 머리카락을 나누었다.

오페라에서처럼 우리의 작별 인사는 몇 달이나 계속되었다. 우리는 끊임없이 서로의 열정을 칭송하고, 다가올 이별의 참혹함을 떠올리고, 〈네가 떠나면 난 다시는 피스타치오 아이스크림을 먹지 않을 테야〉처럼 서로를 추억하기 위해 어떤 희생을 감수할지 이야기하고, 우리에게 예고된 비극을 극적으로 표현하는 〈날이 미처 시작되기도 전에 끝나 버린다〉류의 감동적인 문구를 찾아내고, 교정 벤치 밑에서 서로의 발목을 꼬아 엉키게 했다.

마리와 로즐린은 눈물로 밤을 지새우는 과부가 되리라 약속했다. 둘 이야기를 곧이곧대로 듣고 있으면 나를 위해 상복이라도 입고 머리에는 재라도 뒤집어쓸 것 같았다. 나는 하해와 같은 너그러운 마음으로, 두 사람이 겪을 고통을 염려했다. 내가 없는 잔인한 인생을 살아갈 그들을 위로하기 위해, 둘에게 서로 사랑하는 것이 어떠냐고 제안했다. 앞으로 계속 하나가 되는 것으로 내 추억을 기리면 어떻겠냐고.

이런 어마어마한 이야기를 하면서도 나는 사뭇 진지했다. 나는 엄마에게 내가 떠나고 나서 두 애첩의 삶이 얼마나 고통스러울지 이야기했다. 엄마는 대답 대신 나에게 오페라 「코지 판 투테」[10]를 보여 주었다. 공연은 아주 좋았지만 나는 메시지를 이해하지 못했다. 나는 정말로 그 아이들을 영원히 사랑할 준비가 되어 있었기 때문이다.

어느 날 저녁, 내가 물을 몇 리터째 들이키며 갈수증 발작을 진정시키고 있는데, 이 장면을 조용히 지켜보고 있던 엄마가 나를 제지하고 나섰다.

「그만 됐어.」

「목마르단 말이야!」

「아니야. 넌 몇 분 만에 물을 열다섯 잔이나 들이켰어. 그러다 폭발할거야.」

「나는 폭발 안 해. 목이 말라 미치겠는걸.」

「시간이 지나면 괜찮아. 그만둬, 지금 당장.」

내 몸 속에서 쓰나미 같은 폭동의 기미가 느껴졌다. 물을 마시면서 느끼는 황홀감은 내 신비주의적 행복이

10 믿을 수 없는 여자의 마음을 노래한 모차르트의 오페라. 제목 *Così fan tutte*는 〈여자들은 다 그래〉라는 뜻임.

요, 누구에게 해를 끼치는 행동도 아니었다. 어떤 경험도 나에게 이만한 충일감을 안겨 주지는 못했다. 정말로 마르지 않는 관대함이 존재한다는 사실을 내게 증명해 보여 준 경험이었다. 무엇이든 계산하는 세상에서, 아무리 많은 양이라도 내게는 다 할당된 양으로 비치는 세상에서, 단 하나 믿을 만한 무한의 존재가 바로 물이었다, 그 영원한 수원(水原)으로 열린 수도.

갈수증이 내 몸이 앓고 있던 병이었는지 아니었는지는 모르겠다. 여기서 나는 그보다는 내 정신의 건강성을 발견하고 싶다. 갈수증이 절대(絶對)에 대한 내 필요를 표현하는 생리적 은유였던 것은 아닐까?

엄마는 틀림없이 액체가 너무 지나치게 들어차 내 배가 폭발할지도 모른다는 염려를 했을 것이다. 하지만 이건 파이프와 닮은 내 유년기의 속성을 잘 몰라서 하는 걱정이다. 내 배관의 처리 속도가 얼마나 빠르던지, 발작을 일으키고 5분이 지나면 나는 벌써 화장실을 차고 앉아 10분 동안 쉬지도 않고 쉬를 했다. 그러면 언니는 죽겠다며 깔깔거렸고, 내 쉬는 그렇게 존재의 쾌락을 함께 나누었다.

나는 물이 아닌 분노 때문에 폭발했다. 사람들이 나를 내 원소인 물로부터 떼어 놓으려 했기 때문이다. 사람들이 나를 내 본질로부터 격리시키려 했기 때문이다. 마음의 둑이 무너지고, 나는 분노의 격류에 이리저리 흔들렸다.

그러다가 순식간에 잠잠해졌다. 이 열정뿐만 아니라 다른 열정도 마찬가지였다. 이 열정이야 숨어서 불태우면 되는 것이니까. 단 과자, 알코올, 그리고 벨기에 꼬마가 하리라고는 차마 상상도 못 할 방탕한 행동을 가능하게 하는 이 오랜 친구와의 만남을.

몰래 해야 하는 행동의 리스트가 이미 제법 길어져 있었다.

잉게는 뉴욕을 떠나지 않을 것이다. 그녀는 불행을 겪은 장소에 남고 싶어 했다.

1978년 여름의 비참했던 어느 날, 그녀가 우리를 공항으로 태워다 주었다.

나는 고통으로 혼이 빠져 있었다. 세상의 종말을 맞는 것이 내 인생에 처음은 아니었다. 하지만 이 같은 지독한 별리(別離)의 슬픔에는 타성이라는 장치가 없는 법, 이건 그저 고통의 축적일 뿐이었다.

잉게를 강제로 내 품에서 떼어 내야 했다. 유리창 너머에서는 내 애첩들이 키스를 날리고 있었다. 내 고통은 몸 둘 곳을 몰랐다.

쥘리에트 언니가 내 손을 잡아 주었다. 〈언니가 느끼는 공포감도 내 것 못지않으리라〉 하고 나는 생각했다.

비행기. 이륙. 멀리서 뉴욕이 사라졌다. 결코. 뉴욕은 이렇게 급작스럽게 결코의 나라에 합병되어 버렸다. 내 속에 남은 수많은 잔해들. 이렇게 많은 죽음을 가슴에 품고 어떻게 살아 나갈까?

약빠른 언니가 가방에 넣어 두고 있던 작은 병을 내게 보여 주었다.

「켄트 클리프스의 물이야.」

이 소중한 보물을 보고 내 두 눈은 휘둥그레졌다. 켄트 클리프스는 언니와 나, 우리 둘이 가장 아름다운 밤을 보냈던 장소이다. 켄트 클리프스의 물, 그것은 순도 높은 마법의 정수였다. 이 영약은 그 후로 우리 품을 떠나지 않았다.

1978년, 방글라데시는 죽어 가는 사람들로 북적대는 거리였다.

한 번도 그렇게 활기차 보이는 사람들을 만난 적이 없었다. 모두가 눈에 불을 켜고 있었다. 격렬하게 숨이 끊어지고 있었던 것이다. 사회 전체에 만연한 배고픔이 방글라데시 사람들의 피에 불을 지피고 있었다.

우리 집은 흉측한 벙커같이 생겼지만, 그 안에는 음식이라는 최고의 사치품이 들어 있었다.

인간이 매일매일 하는 일이라곤 단말마의 순간과 싸우는 것뿐이었다.

우리 부모님은 마흔 살, 두 팔을 걷어붙이고 일을 통

해 스스로의 책임감을 시험대에 올려 볼 나이였다. 주어진 임무의 규모 자체에 고양된 아버지는 이곳에서 엄청난 일들을 이루어 냈다.

나는 열한 살이었다. 연민을 느낄 수 있는 나이는 아니었다. 내가 방글라데시라는 거대한 호스피스 병원에서 느낀 것은 그저 공포감뿐이었다. 나는 마치 총알이 빗발치는 전장으로 위문 공연을 간 소프라노 같았다. 전장에서 벌어지는 광경을 보고 나서 갑자기 자신의 목소리가 부적절하다는 사실을 깨달았지만, 그렇다고 음역을 바꿀 재간은 없었던, 그런 소프라노 말이다. 이럴 땐 차라리 입을 다무는 게 나았다.

나는 침묵했다.

언니도 내 침묵에 동참했다. 우리는 특권층이라는 우리들의 지위를 너무도 의식한 나머지, 감히 아무 말도 하지 못했다. 거리로 나서는 것조차 우리에게는 전례 없는 용기를 필요로 했다. 두 눈을 무장시키고, 방패를 대주어야 했다.

단단히 예방을 해도 시선에는 구멍이 뚫리고 말았

다. 차마 두 눈 뜨고는 볼 수 없는 해골 같은 육신들이, 생각지도 못한 곳에서 불쑥불쑥 튀어나오는 이 너덜너덜하게 사지가 떨어져 나간 몸뚱이들이, 이 상처들이, 이 갑상선종들이, 이 부종(浮腫)들이, 무엇보다 수많은 눈들이 한꺼번에 울부짖으며 호소하는 그 배고픔이, 눈꺼풀을 닫고는 도저히 듣지 않으려야 듣지 않을 수 없는 배고픔의 아우성이, 내 배에 스트레이트를 날렸다.

나는 증오심에 가득 차 벙커로 돌아왔다. 특정인을 향한 증오심이 아니었다. 나는 모든 것을 향해 증오심을 분출했다. 나 자신에게도 공정하게 어느 정도의 증오심을 느끼면서 말이다.

나는 배고픔을, 배고픔들을, 내 배고픔을, 다른 사람들의 배고픔을, 심지어는 배고픔을 느낄 수 있는 사람들 자체까지도 증오하기 시작했다. 나는 인간, 동물, 그리고 식물을 증오했다. 돌만이 예외였다. 나는 돌이 되고 싶었다.

쥘리에트 언니와 나는 바람직하지 못한 길로 접어들어 있었다. 아버지는 우리 둘에게 제발 좀 마음을 추스르라고, 단호하게 말했다. 여기서는 우리 처지가 누구에게나 선망의 대상이 된다는 사실을 절대 잊어서는 안 된다고 했다. 그러니까 사치스러운 감정 따위는 접어 두어야 한다고. 늘 우리 둘을 자랑스럽게 여겨 왔는데, 앞으로도 쭉 그랬으면 좋겠다고.

「삶은 계속 되니까.」 아버지가 말했다.

나는 이 마지막 문장이 무슨 멧목이라도 되는 듯, 안간힘을 쓰며 매달렸다. 나는 애첩들을 생각하며 한 명 한 명에게 열정이 넘치는 장문(長文)의 편지를 썼다. 방글라데시 이야기는 하지 않으려고 애썼다. 그렇다 보니 할 이야기가 없었다. 나는 그들에게 뉴욕을 맘껏 즐기라고 썼다.

언니와 나는 아무것도 하지 않고 책만 읽었다. 소파 위에 나란히 털버덕 앉아서, 언니는 콜레트의 희곡 『동물들의 대화』를 읽었고, 나는 『몽테크리스토 백작』을 읽었다. 뒤룩뒤룩 살찐 동물들이 고차원적인 대화를 나누고, 복수라는 빛나는 대의에 평생을 바칠 수 있는 세계가 존재한다는 사실은 생각만 해도 멋졌다.

우리의 외출 횟수는 점점 줄어들었고, 부모님은 이를 나무라셨다. 우리는 더위를 핑계로 삼았다. 하루에 셔츠를 네 개나 적셔 내놓던 아버지는 더위가 무슨 문제가 되냐고 했다.

「너희들은 거들먹쟁이야.」

언니는 이 판결을 수용했다. 하지만 나는 화가 나서, 얼마나 용감한지 증명해 보이기 위해 전방으로 진출하리라 결심했다. 나는 자전거에 올라타고 복작거리는 사람들 사이를 헤치며 큰 장이 서는 시내까지 내달렸다. 그곳에는 파리 좌판이 있었다. 손바닥을 탁탁 치면 파리들이 구름 떼처럼 날아가고, 그 자리에는 푸주한이 파는 썩는 내 나는 고기가 나타났다.

약사는 문둥병자였다. 오른손에는 손가락이 세 개 있었는데, 보충이라도 하려는 듯이 왼손에는 손가락이 여섯 개였다. 아스피린을 몇 캡슐 달라고 하면, 그는 서랍을 열고 그나마 손가락뼈가 제대로 붙어 있는 덜렁덜렁거리는 손가락을 집어넣어, 아스피린을 한 줌 꺼낸 뒤 손님에게 내밀었다.

병마에 많이 시달리지 않는 사람들은 무척 아름다웠다. 여윈 윤곽 때문에 얼굴이 한층 더 돋보였다. 격렬한 무엇이 이들의 눈에서 빛을 발산했다. 최소한의 기본만 걸친 그들의 옷차림은 딱딱한 몸을 드러내고 있었다.

대로에서 왁시글왁시글한 소리가 들렸다. 자전거를 놓치지 않으려고 신경을 곤두세운 채 사람들 물결에 떼밀려 소리 나는 곳으로 갔다. 어떤 사내가 차에 치였는데, 사고차가 그만 그의 머리를 뭉개고 지나가 버린 것이었다. 남자의 두개골이 파열되었다. 그의 옆에는, 떨어져 나간 뇌가 햇빛을 받아 반짝이고 있었다.

나는 토할 것 같은 상태로 자전거에 올라타고 그 자

리에서 도망쳐 나왔다. 더 이상은 아무것도 보고 싶지 않았다.

벙커에 돌아와 소파에 있는 언니 옆에 앉았다. 그리고는 다시는 소파에서 꼼짝도 하지 않았다.

거의 코미디 수준이 되었다. 하루 중 어느 때라도 소파에 풀썩 주저앉아 책을 읽고 있는 쥘리에트 언니와 내 모습을 볼 수 있었다. 유일하게 엉덩이를 떼는 시간이 있다면, 저녁때가 되어 언니 침대로 가려고 소파에서 일어날 때였다.

당시에 방글라데시는 민주주의를 시험하고 있었다. 용감한 지아우르 라흐만 대통령은 극심한 빈곤이 독재를 양산한다는 통념을 깨뜨리고 싶어 했다. 그는 자기 나라를 공화국이라는 이름에 걸맞은 나라로 만들기 위해 노력했다. 그는 진심으로 언론의 자유를 촉구했고, 토론이 활성화되기 위해서는 독립 일간지가 하나가 아니라 둘은 있어야 한다고 했다. 이렇게 해서 빛을 본 것이 「방글라데시 타임스」와 「방글라데시 옵저버」였다.

안타깝지만 이런 고결한 의도가 낳은 결과는 참으로 어처구니가 없었다. 매일 아침 발행되는 두 신문을 보면, 단어 하나, 쉼표 하나, 사진 하나 다르지 않아 완전히 서로의 복사판이라는 사실이 확인되었다. 수사에 착수한들 무슨 소용이 있겠는가, 이런 상황을 설명하는 단서는 발견되지 않았다. 그리고 저널리즘의 불행한 숙명은 계속되었다.

일요일 저녁이 되면 언니와 나는 브뤼셀에 사시는 외할아버지께 편지를 써야 했다. 편지가 다음 날 외교 행낭으로 떠나기 때문이었다. 우리에게는 주어진 백지 한 장을 꽉 채우는 임무가 부여됐다. 정말 괴로웠다. 아무 할 이야기가 없었다. 〈어이, 조금이라도 성의를 보여 줘야지!〉 하면서 엄마가 자꾸 등을 떼밀었다.

언니는 소파의 한쪽 끝을 차지하고 나는 다른 쪽 끝을 차지하고 앉았다. 상부상조하지는 않았지만, 둘 다 뭔가 쓸 말을 찾으려고 머리를 쥐어짜고 있었다. 그러다 마침내 얘깃거리를 발견하면 좀 더 많은 공간을 메우기 위해 최대한 큼직큼직하게 글씨를 썼다. 한 페이지를 채우고 나면 완전히 기진맥진 상태였다. 아버지는 우리가 쓴 편지를 들고 방으로 들어갔다.

아버지가 자지러지듯이 웃는 소리가 들렸다. 아버지는 우리 편지를 방글라데시 타임스와 방글라데시 옵저버라고 불렀다. 매주 기적이 되풀이되었다. 『70인역 성서』의 기적만큼은 못하겠지만, 너무나 대단한 일이었다. 단어 하나하나, 쉼표 하나하나, 언니와 나는 완전히 똑같은 편지를 썼던 것이다. 우리로서는 치욕적이었다.

인식도 못 하는 사이에, 우리는 이런 식으로 방글라데시 저널리즘 미스터리의 해답을 제시하고 있었는지도 모른다. 아무리 서로 다른 두 사람이 방글라데시 현안에 대한 논평을 쓴다고 해도, 언어적 숙명 때문에 기절초풍할 만큼 똑같은 텍스트를 쓰지 않을 수 없었다는.

물론 이 두 사람이 생각했던 것만큼 다르지는 않다면 이야기는 또 달라지겠지만 말이다. 우리는 「방글라데시 타임스」와 「방글라데시 옵저버」에 대해서는 하나도 아는 게 없었다. 하지만 언니와 나, 우리 둘에 대해서는 이것저것 생각해 보기 시작했다.

우리는 2년 반 차이가 났다. 언니는 여러 면에서 늘 나와는 많이 다른 사람이었다. 나보다 더 부드럽고, 더 몽상가적 기질이 있으며, 더 예쁘고, 더 예술가적 기질이 있는 사람이었다. 언니는 시가 육화(肉化)된 사람이었다. 더군다나 언니는 작가였다. 너무도 우아한 시와 소설을, 그리고 비극을 쓰는 사람이었다. 반면 나는 신비주의자였다. 신앙이 없던 언니에게 내가 기도를 하는 모습이 발각이라도 될 때면, 언니는 포복절도할 듯이 웃곤 했다. 그러니 절대 우리 두 사람을 혼동할 수는 없을 것 같았다.

그런데 그렇지 않았다. 방글라데시에서 우리 둘이 닮아가는 과정이 시작되었다. 우리가 작정을 한 것도 아니고, 인식도 하지 못했지만 말이다. 한 소파에서 둘이 지내다 보니 이런 현상이 가속화된 것이다. 우리는 닮은 꼴 모델에 따라 성장했다.

내가 달뜬 마음으로 우편물을 기다리기 시작한 것이 이 나이 때부터였다. 처음에는 뉴욕에서 오는 다정하고 짤막한 편지를 드문드문 한 통씩 받았다. 마리나 로즐린이 보낸 것이었다. 내 열정으로 편지 문구에 얼마나 힘을 실어 넣으며 읽었던지, 무슨 대단한 선언이라도 써 있는 것처럼 믿게 되었다. 나는 즉시 엄숙한 맹세들을 빼곡히 채워 답장을 썼다. 내가 쓰는 것과 받는 것 사이에 불균형이 있다는 사실은 알아채지도 못하고 말이다.

이렇게 되다 보니 얼마 못 가서 애첩들한테서는 더 이상 편지가 오지 않았다. 내가 이 사실을 인정하기까지는 시간이 필요했다. 몇 달 동안은 우체국의 잘못으로 돌려 버렸다. 그런데 우리 부모님은, 두 분한테는 전 세계에서 편지가 날아오고 있지 않은가.

엄마는 나름대로 나를 안심시키려고 했다.

「편지를 쓰는 사람이 별로 없어. 그렇다고 너를 잊어버렸다거나 너를 예전만큼 사랑하지 않게 되었다는 뜻은 아니야. 널 그렇게 사랑하는 잉게가 진작 경고하지 않던. 너한테 편지를 쓰지 않겠다고 말이야. 다른 이유가 있어서가 아니라, 그저 잉게가 편지를 쓰지 않는 사람들 중 하나라는 단순한 이유 때문이야.」

나는 이 상황을 받아들이려고 애썼다. 그런데 쉽지 않았다. 처음에는 애첩들이 편지를 썼기 때문이다. 왜 그 아이들이 더 이상 편지를 쓰지 않는 사람들이 되고 말았을까? 왜 걔들이 변했을까?

「나는 안 변할거야, 나는!」 나는 분개했다.

「아니, 너도 변한다니까.」

엄마가 옳았다. 내 감정은 예전 그대로지만 내 지위가 변했다. 나는 이제 더 이상 뉴욕에서 내가 굳게 믿고 있던, 여왕이 아니었다. 적어도 내 왕국을 잃었다는 사실 하나는 확실했다.

다행히 내게는 아직도 한참이나 유년기가 남아 있었다. 부모님이 언니와 나, 이렇게 둘을 데리고 방글라데시를 구경시켜 줄 때, 나는 어린아이 같은 에너지로 여전히 황홀감을 느꼈다. 하천의 지류나 호수, 강이라도 눈에 띄면 — 방글라데시는 물이 넓게 퍼져 있는 나라다 — 내 원소의 부름을 거역하지 못하고 이내 뛰어들고 말았다. 이렇게 갠지스 강 하류에서 수영을 한 죄로 나는 사상 최악의 중이염에 걸리게 되었고, 갠지스 강 물살에 내 청력의 절반을 떠내려 보내고 말았다.

방글라데시라는 나라가 가진 자원과 아름다움은 오로지 그 국민들밖에 없었다. 너무나 많다 보니 극심한 빈곤의 주요 원인이 되기도 하는, 많고 많은 사람들 말이다. 여러 지방을 돌아다녔지만 전혀 볼거리가 없었다. 어디든 멋있던 사람들을 빼고는 말이다. 하지만 이들의 절반은 언제나 죽어 가고 있었다. 이게 방글라데시의 가장 큰 근심거리였다.

방글라데시에서 아버지의 가장 큰 근심거리는 다름

아니라 개발 지원을 활성화시켜 사람들이 죽어 가는 것을 막는 일이었다. 잘카트라라는 정글 한가운데 있는 촌동네에, 벨기에 여성이 세운 나환자 수용소가 있었다. 우리 부모는 이 사람의 대의에 완전히 감화되고 말았다. 잘카트라는 이렇게 해서 우리 식구 생활공간의 일부가 되었다.

문제의 벨기에 여성은 마리 폴 수녀라는, 종교인으로 위장한 군인 같은 사람이었다. 이 존경스러운 여성은 고생 고생한 끝에 나환자 수용소를 세우게 되었다. 거의 자지도 않고, 밤낮으로 진짜인가 싶을 정도로 중병이 든 환자들을 돌보고, 수용소를 관리하고, 먹을 것을 구해오고, 뱀과 호랑이를 쫓아냈다.

20년 전 나환자 수용소를 세우기 위해 첫 삽을 뜨면서부터 마리 폴 수녀의 삶은 빛을 잃기 시작했다. 이제는 여위고, 무뚝뚝하고, 불퉁스러운 사람으로 변해 있었다. 그럴 만했다.

아버지와 엄마는 이내 마리 폴 수녀의 활동을 돕기 시작했다. 언니와 나는 정글에서 원숭이들을 쫓아다니기 시작했다. 녀석들이 얼마나 공격적이었는지, 우리는 그냥 나환자 진료소로 돌아왔다. 주변에는 놀 만한 게 전혀 없었다. 우리는 돌 위에 걸터앉았다.

「언니 나환자 구경하고 싶지 않아? 」 내가 언니에게 물었다.

「장난하냐!」

「우리 뭘 하지?」

「좋은 질문이다.」

「언니 생각에는, 죽은 사람들을, 어디에 둘 것 같아?」

「묻을 것 같은데, 내 생각에는.」

「죽은 사람들을 찾아봐야지.」

「정신 나갔어.」

내가 잘카트라를 사방으로 휘젓고 다녔는데도 시체를 묻는 곳은 발견하지 못했다. 병세가 심하지 않은 나환자들은 이리저리 돌아다녔다. 증세가 심한 환자들에게는 이들의 상태가 그저 부러울 따름이었다. 땅바닥에 앉아 있는 남자는 코가 없었다. 대신 그 자리에 큰 구멍이 하나 뚫려 있어서 그쪽으로 뇌가 들여다보였다.

나는 그에게 다가가 말을 걸었다. 그는 벵골어로 자기는 영어를 못 한다고 몇 마디 했다. 그가 말을 하면 그의 뇌가 요동을 쳤다. 이 장면에 나는 경악했다. 언어, 이것은 바로 움직이는 골이었던 것이다.

저녁이 되자 우리들이 머물 방을 보여 주었다. 언니와 나는 두개골 같은 좁다란 창문이 나있는 코딱지 같은 방을 함께 썼다. 전기가 들어오지 않아 촛불을 켰다. 희미한 불빛에 투실투실한 거미들이 비쳤지만, 나는 전혀 무섭지 않았다. 나는 언니를 거미로부터 보호하기 위해 화장실에 가는 언니를 따라가 주었다. 소위 편의 시설이라는 이곳이 내게는 더 위험천만한 장소로 보였다. 우리는 짚을 깐 매트 위에서 각자 잠을 잤고, 가능하면 방 밖으로 나오지 않았다. 밤이 되면 우리는 정글에서 들려오는 소리의 정체를 알아내려고 애썼다. 낮에는 책을 읽었다. 우리는 책 속으로 깊이 빠져들었다, 언니는 『바람과 함께 사라지다』 속으로, 나는 『쿠오바디스』 속으로.

독서는 우리에게 「메두사호의 뗏목」[11]이었다. 이곳에는 잔혹감과 생존을 위한 투쟁이 지배했다. 주변에서 죽어 가는 사람들에게 우리가 무슨 나쁜 감정이 있었던 것은 아니다. 하지만 수많은 임종을 지켜보노라면 그게 우리 안으로 스멀스멀 들어오는 것 같았다. 이 죽음의 물살에 휩쓸리지 않으려고 안간힘을 다해 각자 자기 책에 매달렸던 것이다.

마리 폴 수녀는 곪은 상처를 닦아 냈다. 스칼렛 오하라는 레트 버틀러와 댄스파티에서 춤을 추었다. 어떤 여성은 손에 있는 신경 말단 조직과의 연결이 끊어지고 있었다. 페트로니우스는 네로에게 그런 시들은 천재인 황제의 품위에는 어울리지 않는다고 설명했다.

식사 시간이 되어 우리가 식탁에 앉아 렌즈콩 스프를 나누어 먹고 있으면, 마리 폴 수녀는 끔찍한 일들을 이야기해 주었다. 내가 절대 나환자 수용소는 만들지 않겠다고 결심한 게 바로 이때쯤이었다. 내가 이 결심을 얼마나 부단하게 지켜왔는지 보면, 아마 모두들 내가 존경스러우리라.

11 테오도르 제리코Théodore Géricault의 회화 작품. 프랑스 선박 메두사호의 난파 사건을 소재로 한 작품으로, 당시 생존자들이 뗏목 위에서 벌였던 사투를 사실주의적으로 표현함.

나는 열두 살 생일에 코끼리 한 마리를, 그것도 진짜 코끼리를 선물로 받았다. 유감스럽게도 단 스물네 시간 동안이었지만 말이다.

하지만 이 스물네 시간 동안 코끼리는 내 것이었다. 나는 조련사와 함께 코끼리 등에 타고는, 생일 하루를 완전히 코끼리 등에서 보냈다. 마을을 돌아다니는 나를 사람들이 여왕 보듯이 쳐다보았다.

코끼리를 타고 사는 인생은 유리하다. 코끼리 위에서는 위엄과 우월함을, 존경심이라는 재산을 얻을 수 있기 때문이다. 이 세상 끝나는 날까지 기꺼이 코끼리 등에 타고 있으리라.

간식을 먹으러 벙커에 돌아오니, 쥘리에트 언니가 초 열두 개가 꽂힌 케이크를 가지고 넓적한 코끼리 등으로 올라왔다. 조련사와 코끼리에게도 케이크가 한 조각씩 돌아갔지만 코끼리는 케이크에 통 관심을 보이지 않았다. 대신 간식으로 바나나 나무를 한 그루 뽑더니 통째로 먹어 치웠다. 그러고 나서는 정원에 있는 물 호스를 삼키더니, 물로 배를 가득 채우는 40분 동안 호스를 목구멍 안에 넣고 있었다.

이렇게 근사한 생일 선물이 내게는 도리어 나쁜 징조로 보였다. 나는 이런 미신을 이성적으로 차분히 생각해 보려고 애썼다. 사실은, 내가 열두 살이 된 것이 기쁘지 않아서 그랬던 것이다. 유년기의 마지막 생일이었으니까.

어느 날 저녁, 나는 대단한 발견을 하게 되었다. 소파에 털퍼덕 앉아 콜레트의 「초록 밀랍」이라는 단편을 읽고 있었다. 이야기의 줄거리는 한 처녀가 편지를 봉하는 것 외에는 그야말로 아무것도 없었다. 그런데도 나는 왠지 모르게 이 이야기에 매료되었다. 아무리 봐도 새로운 정보 하나 없는 어떤 페이지의 모퉁이에서, 믿을 수 없는 현상이 벌어졌다.

신경 임펄스가 찌릿 내 척추를 통과하고, 내 피부가 곧추 서고, 주변 온도는 38도인데 닭살이 돋았다.

나는 화들짝 놀라 이런 반응을 일으킨 문장을 다시 읽으며 원인을 찾아보려 애썼다. 하지만 녹고 있는 밀랍, 이 밀랍의 텍스처, 냄새, 이것밖에 없었다. 그러니까 아무것도 없었다. 그렇다면 이 신기루 같은 감정의 분출은 대체 무엇 때문이란 말인가?

나는 결국 찾아냈다. 그 문장이 너무 아름다웠던 것이다. 내게 벌어진 그것이, 바로 아름다움이었던 것이다.

교수들이 입에 달고 다니던 〈이 작가의 문체를 분석하시오〉라는 식의 이야기를, 나는 물론 기억하고 있다. 〈이 시는 아주 잘 쓴 시다, 이 모음의 경우 시 전체에서 네 번 나오거든〉 등등의 이야기들 말이다. 이런 식의 해부는 마치 사랑에 빠진 남자가 제3자에게 애인의 매력을 조목조목 따져 설명하는 것만큼이나 지겨운 일이다. 문학적 아름다움이 존재하지 않아서가 아니다. 문학적 아름다움을 경험한 일을 남에게 전달한다는 것이, 마치 아무 상관도 없는 사람에게 자기 애인의 매력을 전달하는 것만큼이나 힘들다는 사실을 이야기하고자 하는 것이다. 혼자 저절로 그 아름다움에 도취하지 않고는 절대 이해할 수 없는 것이 바로 이러한 경험이다.

이 발견은 내게 코페르니쿠스적 전환이나 다름없었

다. 독서는 알코올과 함께 내 삶의 본질적인 부분이 되었다. 이제 나의 독서는 이 수수께끼 같은 아름다움을 찾는 행위였다.

엄마는 우리를 바다에 데리고 갔다. 해체 직전 상태의 비만 방글라데시 에어라인 비행기가 옛 영국 식민지 시대의 해수욕장인 콕스 바자르에 우리를 내려 주었다. 빅토리아 시대에는 호화 호텔이었으나 지금은 커다란 바퀴벌레만 득실거리는 폐허로 전락한 한 호텔에 짐을 풀었다. 그래도 매력이 없지는 않은 곳이었다.

콕스 바자르에 이제 휴양객이라곤 단 한 명도 없었다. 일반적으로 말해 방글라데시는 휴양지로 많이 찾는 나라는 아니었다. 호텔에는 일흔다섯 먹은 영국인 부부를 제외하고는 개미 한 마리 보이지 않았다. 이 노부부는 방에 틀어박혀 고릿적 「타임스」를 읽고 또 읽으며 시간을 보내다가, 저녁이면 여자는 이브닝드레스, 남자는 턱시도 차림으로 〈레스토랑〉으로 내려와 주변을 거만하게 쳐다보았다.

우리는 쉴 새 없이 바닷가로 갔다. 벵골 만은 세기말적 아름다움을 지닌 곳이었다. 나는 이토록 요동치는 바다를 본 적이 없었다. 거대한 파도의 손짓을 뿌리칠 수가 없었다. 나는 아침부터 저녁까지 물속에 들어가 살았다.

다른 사람은 아무도 수영하는 사람이 없었다. 엄마와 쥘리에트 언니는 모래사장에 드러누워 있었다. 해변에 있던 몇 안 되는 사람은 대부분 아이들이었는데, 주워다 팔만한 조개가 있는지 찾고 있었다. 몇몇에게 같이 수영을 하자고 제안해 보았지만 아이들은 웃기만 하고 거절했다.

희열에 찬 날들이었다. 물에서 나오면서 하늘에 대고 야자하며 반말을 하는 데서 내 삶의 의미를 찾았다. 파도가 거대하면 거대할수록 나를 더 멀리 실어 갔고, 더 높이 띄워 올려 주었다.

밤이면 쓰러져 가는 호텔의 발다키노 침대에 누워,

모기장 망 위를 기어오르는 바퀴벌레를 쳐다보면서, 아직도 뼛속에서 춤추고 있는 밀물과 썰물의 느낌을 음미했다. 빨리 다시 바다로 뛰어들고 싶다는, 한 가지 바람밖에 없었다.

하루는 해변에서 아주 멀리 떨어진 곳에서 몇 시간째 수영을 하고 있는데, 무수한 손들이 내 두 발을 붙잡았다. 주변을 보니 아무도 없었다. 바다의 손들인 게 틀림없었다.

공포감이 얼마나 컸던지 그만 목소리도 사라지고 말았다.

바다의 손들이 내 몸을 더듬어 올라오더니 내 수영복을 잡아채 가버렸다.

내가 필사적으로 발버둥 쳤지만 바다의 손들은 강력했고, 숫자도 너무 많았다.

내 주변에는 여전히 아무도 없었다.

바다의 손들이 내 다리를 벌리고 내 안으로 들어왔다.

고통이 얼마나 심했는지 목소리가 살아났다. 나는 소리를 질렀다.

엄마가 내 소리를 듣고 미친 듯이 울부짖으면서 바

닷물로 뛰어들었다. 바다의 손들이 나를 놔주었다.

엄마는 나를 안아 다시 해변으로 데려왔다.

멀리서, 강마르고 거쿨진 몸에 스무 살 가량 되는 인도 사내 네 명이 물속에서 나오는 게 보였다. 뒤쫓아 갔지만 그들은 달아나 버렸다. 그리고는 자취를 감추어 버렸다. 이후로 나는 다시는 물에 들어가지 않았다.

삶은 예전만 못했다.

다카로 돌아오고 나서 나는 뇌의 일부가 사용 불가능한 상태가 되었다는 사실을 알게 되었다. 내 숫자 감각은 사라지고 말았다. 심지어 아주 간단한 셈조차 할 수 없었다.

그 자리에 대신 무(無)가 들어와 내 머릿속을 널찍하게 차지했다. 그리고는 아예 여기에 눌러 앉아 버리고 말았다.

나는 여전히 파이프였다. 하지만 머릿속에서는 이미 청소년기의 해체가 시작되고 있었다.

새로운 목소리가 내 안에서 말을 했다. 이전의 목소리들에 재갈을 물린 것은 아니지만, 새 목소리는 나의 최종 대화 상대가 되었다. 그리고 나는 두 목소리로 생각하는 데 익숙해지게 되었다. 새 목소리는 늘 웃으면서 내게 세상사의 참혹함을 알려 주곤 했다.

마리 폴 수녀는 오래전부터 벨기에에 나환자 수용소에 대한 지원을 요청해 놓은 상태였다. 아버지가 외무부와 여러 재단을 성가시게 들쑤신 결과 잘카트라에 인생을 바치겠다고 결심한 플랑드르 출신 수녀 두 명이 도착한다는 통보를 받게 되었다.

아버지는 두 사람을 마중하기 위해 다카 공항으로 갔다. 우리 벙커에서 점심을 대접하고 정글까지 태워다 주려는 생각이었다. 희생하며 사는 사람들은 대체 어떤 사람일까 하는 호기심 속에 우리는 이들을 기다렸다. 아니 도대체 어떤 사람들이기에 플랑드르의 안락한 수도원을 버리고 벵골의 나환자 수용소 같은 고통의 구덩이에 자기 인생, 아니 그보다 더한 것이라도 바치겠다고 자원하고 나서는 것일까? 그런 정신 나간 봉헌 뒤에는 도대체 어떤 인간의 신비가 숨어 있는 것일까?

정원사가 두 사람에게 문을 열어 주었다. 옷을 다 입고도 50킬로그램이 나가던 우리 멋진 회교도 정원사는, 그만 제자리에 얼어붙어 몸을 떨기 시작했다. 덩치가 산(山)만 해서 눈을 크게 뜨지 않고는 온몸이 한눈에 들어오지도 않는 두 피조물에게 옆으로 썩 비켜나 길을 내주지도 — 아! 도대체 어느 정도의 공간이 필요한 건지! — 않고, 마냥 그 자리에 서 있기만 했다. 두 수녀는 실제로는 쌍둥이가 아니지만 비만에 관한 한은 쌍둥이나 다름없었다.

리즈 수녀와 린 수녀는 스물다섯 살이었다. 하지만 외모상 아무 나이나 갖다 대도 무방해 보였다. 그러지 않아도 쌍둥이 같은데, 똑같은 수녀복과 똑같은 수녀용 가방까지 들고 있으니 더더욱 닮아 보였다. 두 사람의 얼굴은 친절함이 그득한 부풀어 오른 밀가루 반죽 같았다.

엄마는 이런 특이함을 눈치채지 못한 척하면서 두 사람과 아주 정중하게 대화를 나누었다. 대화를 나누다 보니, 고향인 서플랑드르 지방을 한 번도 떠난 적이 없는 리즈 수녀와 린 수녀가 우리로서는 도무지 알아듣기 힘든 방언을 쓴다는 사실을 알 수 있었다. 두 사람의 말을 듣고 있으면 고구마를 삶는 냄비 뚜껑이 덜거덩덜거덩 떨리는 소리가 들렸다.

부모님은 마리 폴 수녀가 이 신참들을 어떻게 생각할지 모르겠다는 표정으로 서로를 쳐다보았다. 식사 후에 우리는 먼저 두 사람을 자동차에 구겨 넣어 태웠다. 그리고 우리가 앉을 자리도 조금 만들었다. 내가 잘카트라에 가보고 싶은 마음이 드는 것은 이번이 처음이었다. 두 사람의 도착 장면을 놓치고 싶지 않았던 것이다. 내 머릿속에서, 새 목소리가 희희낙락했다. 〈저 여자들 좀 보라고. 차가 조금만 흔들려도 아주 비계가 지진을 일으키고 있잖아. 이제 너도 알겠지, 스스로에게 진짜 어떤 문제가 있지 않고는 선의를 위해 통째로 인생을 바치기는 불가능하다는 사실을.〉

잘카트라에 도착하자 이번에는 차 밖으로 리즈 수녀와 린 수녀를 견인해 내야 했다. 두 사람은 플랑드르의 자연환경과는 확연히 다른 정글의 모습을 쳐다보며 경탄해 마지않았다. 마리 폴 수녀가 마치 장군처럼 도착했다. 그러고는 두 신참 수녀의 풍채 따위에는 눈길도 주지 않은 채, 할 일이 산더미 같다고 목청을 높이며 즉시 두 사람을 데려갔다.

기적이었다. 리즈 수녀와 린 수녀는 초인적인 여성들이라는 사실이 입증되었다. 두 사람은 인간으로서는 도저히 상상도 할 수 없는 중노동을 해치우며 수백 명의 나환자를 구했다. 두 사람은 잘카트라를 결코 떠나지 않았고, 살은 단 1그램도 빠지지 않았다.

이웃 인도는 방글라데시에 비하면 별천지였다. 다카에서 오는 사람들에게 봄베이는 뉴욕을, 캘커타는 뉴올리언스를 연상시켰다. 하지만 소외 현상을 부추기는 힌두이즘 때문에 빈곤 문제는 훨씬 극심했다. 그래도 당시 방글라데시에는 놀라운 평등주의에 기반한 온건주의 이슬람이 득세하고 있었다.

국경에서 가장 가까운 도시였던 캘커타에 가서 먹을 것을 구해 오는 사람은 아마 지구 상에서 우리가 유일했을 것이다. 이 지옥 같은 도시에서 구할 수 있는 음식이 비록 얼마 되지는 않았지만, 우리에게는 풍요롭게만 보였다.

우리는 다르질링까지 북상했다. 향수 어린 이곳의 아름다움이 나를 압도했다. 차를 마시면서 에베레스트 산을 얼마나 바라보았는지, 우리는 그만 히말라야의 유혹에 넘어가고 말았다. 우리는 1주일 예정으로 네팔을 향해 떠났다.

하늘까지 고개를 쳐들어 비현실적인 고도의 산 정상을 바라보며 시간을 보내는 나라, 이 나라는 나를 위해 존재했다. 하지만 인간사에 있어서는 전혀 달랐다.

네팔에서 살아 있는 여신의 신전을 방문했을 때 내가 목격한 것은 가히 충격적이었다. 살아 있는 여신은 여자아이인데, 브라만 승려들이 아이가 태어날 때 점성학, 카르마 이론, 사회 계층 등 수많은 기준에 따라 고른다. 이렇게 선정된 아이는 즉시 신성의 지위에 오르게 된다. 그리고 그 상태 그대로, 한마디로 신전의 붙박이가 된다. 여자아이를 꼼짝 못 하게 옥좌에 처박아 놓고는, 여사제들이 융숭하게 먹이고 꾸미고 받들어 모신다. 이렇게 자란 아이는 걸음마도 배우지 못했다. 이 아이에게 허락된 유일한 행동이라고는 신전의 숭배물을 쥐고 흔드는 것뿐이었다. 신전의 제녀들 말고는 아무도 눈을 들어 이 여자아이를 쳐다볼 수도 없었다.

하지만 1년에 딱 한 번, 행렬이 있는 날은 예외였다. 거대한 가마 위에 살아 있는 여신을 올려놓고 온 도시를 돌아다니는 행렬이 계속되는 동안, 군중들은 여신을 쳐다보고 박수를 치고 기도를 했다. 여자아이에게는 이 날이 유일하게 현실 세상을 구경할 수 있는 기회였다. 비 오 듯한 사진 세례를 받고 나서 저녁이 되면, 여자아이는 신전으로 돌아왔고, 다음 해가 올 때까지 신전의 문은 다시 굳게 닫혔다.

아이가 열두 살이 될 때까지 이런 간교한 행위가 계속된다. 그러다 생일날이 오면, 아이는 신성의 지위를 박탈당한 채 갑자기 신전 밖으로 내쫓기게 되었다. 제 두 발조차 제대로 쓰지 못하는 비만 상태의 계집애를, 가족들의 기억 속에서는 이미 지워지고 없는 이 아이를 그냥 아무 데나 내팽개쳐 버리는 것이다. 새로 태어난 이 아이의 운명에 대해서는 아무도 걱정조차 하지 않는 듯했다.

신전 밖에는, 현재의 〈살아 있는 여신〉을 나이에 따라 찍어 놓은 사진들을 압정으로 꽂아 놓았다. 해가 거듭되면서 귀여운 꼬마의 모습이 기름기 그득한 누에 같은 모습으로 변모하는 것이 놀랍기 그지없었다. 예전의 살아 있는 여신들의 모습을 찍은 낡은 사진도 있었다. 서로 뒤질세라 뒤룩뒤룩 살찐 여자아이들, 열두 살을 넘으면 존재가 사라져 버리는 이 아이들의 모습을 죽 늘어놓은, 차마 경악하지 않으려야 않을 수 없는 장면이었다. 이 아이들의 인생에서 어떤 시기가 최악이었을지, 그 운명의 나이 이전이었을지 아니면 이후이었을지, 생각해 보지 않을 수가 없었다.

살아 있는 여신의 신전을 보았을 때 나는 열두 살이었다. 충격을 받았다는 말로 그때의 내 느낌을 전하는 것은 역부족이다. 다행스럽게도 내 운명은 그 네팔 계집아이와는 전혀 공통점이 없었다. 그렇지만 내 가슴속에 있는 무언가는 그 아이를 너무도 잘 이해하고 있었다.

나는 이상하게 어린 시절부터 의식 속에서 성장은 곧 쇠락이요, 이 영속적인 상실의 과정은 여러 개의 잔혹한 단계로 이루어져 있다고 늘 생각하고 있었다. 살아 있는 여신의 신전을 보고 나서 나는 유년기 때부터 간직해 오고 있던 어떤 진실과 맞대면하게 되었다. 열두 살이 되면 여자아이들은 내쫓기고 만다는 진실 말이다.

내 머릿속에서 해체가 일어나고 있었다. 새로운 목소리가 얼마나 강력하던지, 이제는 이야기도 지어내지 못하게 막았다. 실제와 환상이 뒤섞인 내 내부의 이야기는 여태껏 한 번도 중단된 적이 없었다. 내 자그마한 몸짓에도, 내 희미한 단상에도 늘 함께했다. 그러나 지금은 내가 아무리 이야기 끈을 다시 이어 보려 해도 새로운 목소리가 막아서서 파격 구문밖에는 허용하지 않았다.

뭐든지 파편이 되어 버리고, 갈수록 조각이 모자라는 퍼즐로 변해 갔다. 이때까지만 해도 혼돈 속에서 연속성을 창조하는 장치였던 나의 두뇌는 분쇄기로 둔갑하고 말았다.

나는 미얀마에서 열세 살을 맞았다. 미얀마는 세상에서 가장 아름다운 나라였다. 내가 제일 그 아름다움에 부합하지 못하는 나이에 미얀마의 아름다움을 깨닫게 되었다는 사실이, 견딜 수 없었다. 5년 전이나 5년 후였다면 그토록 장엄한 광채와 정면으로 마주할 수 있었을 것이다. 하지만 열세 살의 나는 그 장엄한 아름다움을 그저 소화해 내는 것조차 불가능한 상태였다.

미시마 유키오의 『금각사(金閣寺)』를 읽었다. 나는 아름다움을 증오의 대상으로 삼은 못생긴 중이었다. 아름다움을 파괴하고 있는 내 모습을 상상해야만 비로소 그 아름다움에 감동할 수 있었다. 방화광인 중과는 달리 행동으로 옮길 용기는 없었다. 나는 그저 머릿속 방화에 만족했고, 덕분에 나는 주변의 찬란한 아름다움을 느낄 수 있었다.

부모는 우리를 파간으로 데리고 갔다. 교토보다도 더 멋진 도시였다. 사원들로 이루어진 이 고도(古都)는 한마디로 말해 이 지구 상에서 가장 숭고한 장소였다. 나는 맥이 탁 풀리고 말았다. 다행히 대규모 화재가 이런 황량한 풍경을 빚어내는 데 한몫했다는 사실을 알고 나니, 그나마 이 아름다운 풍경이 조금은 용인되었다. 찬란한 불탑들의 모습이 옥죄듯 나를 압도해 오면, 내 머리는 화염에 휩싸인 탑들의 과거 모습을 떠올렸고, 나는 이내 만족감을 느낄 수 있었다.

나는 언니도 나처럼 이런 혼란스러운 감정을 느끼는지 의아했다.

「너무도 아름다워.」 언니가 말했다.

이런 식의 표현은 언어를 통해 전달되어 왔다. 하지만 나나 언니의 입을 통해 나올 때는 그야말로 문자 그대로 받아들여야 한다. 우리는 그 과잉으로 숨이 막혔으니까. 그토록 넘치는 아름다움은 희생을 요구했고,

우리는 우리 자신밖에는 달리 희생시킬 대상이 없었다. 아니면 그 아름다움에 돌을 던지던가. 〈아름다움이냐 나냐〉, 정당방위.

쥘리에트 언니 역시 탐욕스럽게 『금각사』를 읽어 내려가고 있었다. 아무 논평도 없이.

내 몸에 변형이 일어났다. 1년 만에 12센티미터나 자랐다. 가슴도 봉긋 솟았다. 괴상하리만치 조그만 가슴이었지만 나는 이것도 너무 심하다고 느꼈다. 아마조네스 여전사들이 활을 잘 쏘기 위해 한쪽 가슴에 불을 질렀던 것처럼, 나도 성냥으로 두 가슴을 불태워 버리려고 했지만, 아프기만 하고 끝이 났다. 언젠가는 해결책을 찾을 수 있으리라 확신하며 이 문제는 후일을 기약했다.

이런 급속한 성장 탓에 나는 다시 유년기의 식물 상태로 빠져 버리고 말았다. 몰려드는 피로감을 어떻게 할 수가 없었다. 몸뚱이를 바까지 끌고 가는 것도 내게는 엄청난 일이었다. 위스키를 마실 수 있다는 희망이 있어 가능한 일이었다. 나는 열세 살이라는 사실을 잊어버리기 위해 술을 마셨다.

당시의 나는 키만 훌쩍 크고 얼굴은 못생긴 데다 이에는 교정기까지 끼고 있었다. 존경스러운 지아우르 라흐만 방글라데시 대통령이 암살되었다. 어떤 나라든 내가 머물렀다 떠나기만 하면 무슨 일이 벌어졌다. 세상이 혐오스러웠다.

방글라데시는 군사 독재의 나락으로 떨어졌고, 나는 내 몸의 독재로 빠져들었다. 아시아의 알바니아인 미얀마는 자급자족으로 연명하고 있었다. 나는 내 영토의 문을 굳게 걸어 잠갔다.

아버지는 지아우르 라흐만 대통령의 서거로 적잖이 충격을 받았다. 엄마는 두 딸, 특히 소파에서 엉덩이조차 떼지 않는 작은 딸의 애벌레 상태에서 적잖이 충격을 받았다.

「윈치라도 찾든지 해야지 안 되겠어.」 쿠션 위에 널브러져 있는 내 큰 몸뚱이를 보며 엄마가 말했다.

엄마는 수영장이 있다는 핑계를 대며 우리 둘을 영국

인 클럽에 억지로 끌고 나갔다. 수영장 따위, 나는 안중에도 없었는데 말이다. 여기서 내게 끔찍한 불행이 찾아왔다. 가냘프고 호리호리 섬세하게 생긴 열다섯 살짜리 영국 사내아이가 내가 보는 앞에서 물속으로 뛰어드는 게 아닌가. 내 속에서 뭔가 찢어지는 느낌이 들었다. 이런 빌어먹을, 내가 남자아이를 원하고 있었던 것이다. 나한테 부족한 게 딱 그거였던 것이다. 내 몸은 배신자였다.

그 영국 아이가 검은 장발에 얼굴빛이 창백하고, 입술은 발그레하며, 손발목이 아주 가는 건 사실이었다. 아무리 그래도 역시 사내아이는 사내아이였다. 씻을 수 없는 치욕. 그 아이의 눈에 띌 수 있게, 나는 그 아이의 동선을 따라 살기 시작했다. 하지만 그 아이는 나에게 눈길을 주지 않았다. 그 심정은 이해가 갔다. 내 꼴이 어디 봐줄 만한 상태였던가. 이런 혐오스러운 상황을 치유하는 길은 당연히 책 속에 있었다. 나는 폭발하는 흥분과 격정 속에서 『페드르』를 읽었다. 나는 페드르였고 그 아이는 이폴리트였다. 라신의 글이 내 영매 상태와 딱 맞았다. 아무리 그래도 내가 드러내 놓고 자랑할 만한 입장은 결코 아니라는 것을 모르는 바 아니었다.

나는 이 일을 떠벌리지 않겠다고 결심했다.

내 호르몬의 공(空) 상태 밑바닥에는 혼돈이 지배하고 있었다. 나는 밤만 되면 자리에서 일어나 부엌으로 향했고, 파인애플과 한판 결투를 벌였다. 파인애플이라는 과일이 지닌 과잉이라는 속성 때문에 내 잇몸에서 피가 난다는 사실을 그동안 눈여겨보아 둔 터였다. 나는 바로 이런 육탄전이 필요한 상태였다. 나는 커다란 칼을 집어 들고 파인애플 잎을 잡았다. 몇 번 칼질을 해서 껍질을 벗겨 낸 뒤 속까지 먹어 치웠다. 아직 피가 나오지 않으면 파인애플을 하나 더 잘랐다. 그러면 비로소 내 헤모글로빈으로 흥건하게 물든 노란 속살이 보이는, 쾌감의 순간이 왔다.

이걸 보고 있으면 나는 짜릿짜릿한 쾌감으로 미칠 것 같았다. 나는 황금색의 심장에 있는 붉은색을 먹고 있었다. 파인애플 속에서 느껴지는 관능적인 피 맛에 소름이 끼쳤다. 나는 한층 더 속도를 높였고, 피는 더 많이 흘러나왔다. 이것은 과일과 나, 둘의 결투였다.

내가 지게 되어 있는 결투였다. 내가 마지막 남은 피 한 방울까지 흘려도 좋다는 생각을 하지 않는 한 말이다. 이빨이 떨어져 나갈 것 같은 느낌이 들자 나는 비로소 이 독특한 싸움을 멈추었다. 부엌의 식탁은 수수께끼 같은 잔해들이 남아 있는 링이었다.

이 과일의 일리아스가 내 격정을 조금은 빨아들였다.

재앙이 일어나기를 기다릴 만큼 기다렸다. 재앙이 벌어지지 않을 것이라는 생각이 조금씩 들기 시작했다. 그렇다면 내가 재앙을 일으키는 수밖에. 뉴스에 기대를 걸 수도 없었고 — 내가 나라를 떠나고 나야 쿠데타가 일어났으니까 — 형이상학에 희망을 걸 수도 없었다. 아무리 하늘이며 땅이며 찬찬히 뜯어봐도 종말의 전조는 나타나지 않았다.

나는 대형 재난을 갈구하고 있었고, 쥘리에트 언니 역시 마찬가지였다. 하지만 우리는 이야기를 꺼내지는 않았다. 이미 — 그리고 지금까지도 여전히 — 우리는 서로 말이 필요 없는 단계에 와 있었다. 우리는 상대방의 삶이 어떤지 훤히 알고 있었다. 결국 둘이 똑같이 살고 있다는 사실을 말이다.

그 영국 청년에 대한 나의 갈망은 계속되었고, 내 몸도 계속해서 자라고 있었다. 내 안의 목소리 역시 계속해서 나를 증오하고 있었고, 신은 계속해서 나를 벌주고 있었다. 나를 겨눈 이런 공격들에 대해 역사상 가장 영웅적인 모습으로 저항하리라.

나는 방글라데시에서 배고픔은 금세 없어지는 통증이라는 사실을 깨닫게 되었다. 그러니까 사람이 배고픔으로 인한 영향은 받되, 배고픔으로 인한 고통은 오래 느끼지 않는다는 이야기다. 이 같은 정보에 힘입어 나는 법률을 제정했다. 1981년 1월 5일, 성(聖) 아멜리의 날, 나는 곡기를 끊으리라. 존재는 쇠락하지만 기억은 저장되리라. 이 법에서는 또한, 이날을 기점으로 내가 살면서 느끼는 아주 미세한 감정 하나까지도 절대 잊어버리지 않겠노라 규정하고 있었다.

우주에 관련된 여러 가지 기술적 디테일, 1515년 마리냥 전투, 빗변의 제곱, 미국 국가(國歌), 화학 원소 분류 같은 것이야 잊어버려도 될 권리가 있었다. 하지만 아무리 사소하더라도 내게 감동을 주었던 것에 대한 기억을 잃어버린다면, 그건 범죄였다. 내 주변에서 너무도 많은 사람들이 저지르고 있는 이 범죄를 향해 나는 정신적 그리고 육체적 분노를 느꼈다.

1981년 1월 5일에서 6일로 넘어가던 밤, 나는 그날 내가 느낀 감정을 처음으로 내부에 투사시켜 보았다. 주로 배고픔의 감정이었다. 이날, 그러니까 1981년 1월 5일부터 매일 밤, 내 머릿속에는 감정의 필름이 빛의 속도로 쫙 펼쳐진다.

열세 살 반, 영양 섭취가 과도하게 필요한 나이였기 때문일까? 배고픔이 내 명치에서 냉큼 사라지지 않았다. 배고픔은 두 달을 질질 끌며 숨이 끊어지지 않았고, 이 시간이 내게는 긴 형벌의 시간이었다. 이와는 달리 기억이라는 놈은 무릎을 꿇리기가 훨씬 쉬웠다.

두 달이라는 힘든 시간을 넘기자 드디어 기적이 일어났다. 배고픔이 사라졌고, 이 자리에는 대신 기쁨이 강물처럼 흘러 넘쳤다. 내가 내 육신을 죽여 없앤 것이다. 나는 이것을 찬란한 승리의 경험으로 여겼다.

쥘리에트 언니는 비쩍 말라갔고, 나는 해골같이 되어갔다. 거식증은 내게는 은총이었다. 영양 섭취가 부실해지자 내 안의 목소리가 잠잠해졌다. 내 가슴은 다시 환상적으로 납작해졌다. 나는 영국 청년에게 이제 눈곱만큼도 욕망을 느끼지 않았다. 솔직히 말하자면, 더 이상 아무 느낌도 없었다.

이 얀센파적 생활 방식 — 육체와 정신의 식사를 막론하고 아무것도 먹지 않음 — 때문에 나는 빙하기에 머물러 있었고, 내 감정은 더 이상 자라나지 않았다. 휴지기였다. 나는 이제야 내 자신을 증오하지 않을 수 있게 되었다.

이제 먹어야 할 음식이 없으니 단어를 다 먹으리라 결심했다. 나는 사전을 통째로 읽었다. 표제어를 하나도 건너뛰지 않겠다는 생각이었다. 어떤 표제어는 읽을 가치가 없다고 어떻게 미리 단정할 수 있단 말인가?

사전을 보는 사람이면 다 그렇듯이, 나 역시 이 알파벳 저 알파벳을 왔다 갔다 하면서 보고 싶은 유혹에 시달렸다. 하지만 철저히 알파벳 순서에 따라 읽는 게 원칙이었다. 부스러기 하나 남기지 않겠다는 의지. 이렇게 하고 보니 그 효과가 실로 눈이 돌아갈 정도였다.

나는 이 경험을 통해 백과사전의 부당함을 알게 되었다. 어떤 알파벳이 다른 알파벳보다 더 흥미로웠다.

제일 흥미진진한 건 알파벳 A였다. 시인 랭보가 지적한 그 검은 색깔[12] 때문일까? 아니면 단지 첫 번째 알파벳으로서 가지는 에너지, 그 막강한 힘 때문일까?

당시에는 인정하지 않았지만 지금 와서 보니 내가 그때 사전을 읽었던 데는 또 다른 이유가 있었다. 내 뇌가 한층 더 심하게 흩어져 버리는 것을 두고 보고만 있지 않겠다는 갈망이 있었던 것이다. 내 몸이 여위어 가면 갈수록 내 영혼의 자리를 지키고 있던 것이 스르르 녹아내리는 게 느껴졌다.

금욕주의자들의 영적 풍요로움을 들먹이는 자들은 거식증으로 한번 고통을 당해 봐야 한다. 장기간의 단식보다 훌륭한 물질주의의 선생은 없는 법이다. 일정선을 넘어서면 우리가 영혼이라고 여기는 것이 힘을 잃다가 결국에는 사라지고 만다.

영양실조인 인간은 고통스러울 정도로 빈곤한 정신세계를 소유하고 있어서, 이 때문에 아주 초인적인 반응을 보이기도 한다. 생존의 본능만큼이나 강렬한 교

12 랭보의 시 「모음」에서 알파벳 A를 검다고 표현한 것을 염두에 둔 것.

만함이 생기는 것이다. 내 경우에는 이 교만함이 파라오적인 지적 시도를 하는 것, 가령 사전을 A에서 Z까지 읽는 것으로 나타났다.

여기서 높은 지능을 거식증이라는 병과 연관시켜 보는 것은 잘못이다. 이것 하나는 확실하게 해두자. 금욕주의적인 삶으로 영혼이 풍요로워지는 것은 아니라는 사실을 말이다. 궁핍에는 미덕이 없으니까.

부모님은 우리를 데리고 포파 산에 갔다. 너무도 가파르게 솟아서 마치 환영처럼 느껴지던 이 산 정상에 절이 하나 있었다.

당시 나는 열네 살이었고, 옷을 입혀 놓으면 그럭저럭 봐줄 만했다. 승려들이 나를 뚫어지게 쳐다보더니 아버지에게 나를 사고 싶다고 말했다. 엄마가 이유가 무엇인지 물어보았다.

「따님의 낯빛이 사기 인형 같아서 그럽니다.」 승려들이 대답이었다.

혹한 마음에, 부모님은 관심을 가장하며 내 몸값을 흥정했다.

나는 이게 재미있다는 생각이 들지 않았다. 이 나이에는 다 병적으로 새침한 구석이 있는 법이니까.

나는 40킬로그램이 나갔다. 나는 계속 살이 빠질 것임을 알고 있었다. 그러다가 어떤 단계에 이르면, 우스갯소리로라도 나를 사겠다고 제안해 오는 중도 없을 것이다. 이 생각을 하자 비로소 마음이 놓였다.

난생 처음 『파르마의 수도원』을 읽었다. 감옥이 중요한 역할을 하는 다른 이야기들과 마찬가지로, 이 소설을 읽으면서도 나는 경악을 금치 못했다. 감옥이 있어야만 사랑이 가능하다니. 왜 이 소설에 그토록 공감이 가는지는 나도 잘 몰랐다.

사실 이 책만큼 문명적인 책도 없다. 하지만 거식증은 나를 문명의 세계에서 떼어 놓았고, 나는 이 때문에 고통스러워하고 있었다. 나는 집단수용소 문학인 『죽음은 내 직업이다, 이것이 사람이라면』도 읽었다. 프리모 레비의 필치에서 단테의 문구를 발견했다. 〈인간은 야수처럼 살라고 태어난 게 아니다〉라는. 나는 야수처럼 살고 있었다.

내 병이 시궁창같이 느껴지는, 정신이 말똥말똥해지던 극히 예외적인 몇몇 순간들을 제외하면, 나는 내 병이 자랑스럽기만 했다. 비인간적인 내 존재의 조건이 교만함을 불어넣었던 것이다.

내 자신과 맞서 싸우는 건 좋은 일이야, 내 자신에게 이렇게 많은 적의를 느끼는 건 결국 내게 구원이 되는 일이야, 라고 스스로에게 말했다. 내 열세 살의 여름을 떠올렸다. 그때 나는 유충이었고, 그 속에서는 아무것도 나오지 않았다. 지금은, 내가 곡기를 끊었는데도 육체적, 정신적 활동이 아주 왕성히 일어나고 있었다. 나는 배고픔을 이겨 냈다. 그리고 나는 이제 공(空)에서 오는 희열감에 젖어 있었다.

사실을 말하자면, 나는 배고픔의 절정에 있었다. 나는 배고픈 상태를 너무도 간절히 원하고 있었다.

라오스는 허무의 나라였다. 아무 일도 벌어지지 않아서가 아니다. 베트남의 지배하에서 찍소리도 낼 수 없다 보니 생명의 흔적마저 깡그리 짓밟혀 사그라졌다.

이렇게 음흉한 독재는 역사상 전례가 없었다. 권력기관에서는 밤에만 사람을 슬쩍 잡아갔다. 아침에 눈을 떠보면 이웃이 사라지고 없었다. 외국인과 말을 했다느니 음악을 들었다느니 하는 요상한 이유로 말이다.

이런 해악적인 식민 지배하에 있으면서도 라오스인들은 세상에서 둘도 없는 절묘한 매력의 소유자들이었다. 이들은 허무라는 운명의 굴레를 쓴 채, 우아하고도 세련되게 시간을 죽이고 있었다.

장소가 달라진다는 사실이 이제 더 이상 내게 아무런 영향도 주지 못했다. 거식증은 이동 가능했으니까. 나는 나이 열다섯 살에 키는 160센티미터, 몸무게는 32킬로그램이었다. 머리카락은 한 움큼씩 빠지고 있었다. 나는 욕실에 들어앉아 내 나체를 쳐다보았다. 영락없는 시체였다. 이 모습에 나는 매료되었다.

머릿속에서는 어떤 목소리가 거울에 비친 모습에 대해 논평을 하고 있었다. 〈재는 조금 있으면 죽겠구먼.〉 이 소리를 듣고 나는 뛸 듯이 흥분했다.

부모님은 노발대발했다. 나는 두 분이 왜 나처럼 기쁘지 않은지 이해할 수가 없었다. 병 덕분에 내 알코올 중독증은 말끔히 나았다. 엄마는 정기적으로 내 몸무게를 재었다. 나는 티셔츠 밑에 쇠판을 숨기고, 저울에 오르기 20분 전에 수형(水刑)을 자원해 순식간에 물을 3리터나 들이키는 식으로, 몸무게를 8킬로그램이나 속였다. 수형의 고통은 너무도 심했다.

그러나 수형에 처해진 내 몰골을 거울에 비춰 보는 것은 해볼 만한 일이었다. 나는 복부가 과도하게 팽창한 해골이었다. 정말로 괴물 같은 모습에 나는 완전히 사로잡히고 말았다. 단 한 가지 아쉬운 점이 있다면, 갈수증이 사라졌다는 것이다. 갈수증이라는 은총만 있었어도 만사가 훨씬 쉬웠을 것을.

두뇌는 주로 지방으로 구성되어 있다. 아무리 고상한 인간의 생각도 다 비계 속에서 나온다는 말이다. 뇌가 사라지지 못하게 하기 위해, 나는 흥분에 휩싸인 채 『일리아스』와 『오디세이아』를 다시 번역했다. 내게 그나마 뉴런이라도 몇 개 남아 있는 것은 다 호메로스 덕분이다.

내가 열다섯 살 반이던 어느 날 밤, 생명이 나를 떠나는 게 느껴졌다. 나는 대리석처럼 차가웠다.

내 머리는 죽음을 수용했다.

그런데 이때 믿을 수 없는 일이 벌어졌다. 내 몸뚱이가 머리에 반발을 하는 게 아닌가. 죽음을 거부하고 있는 게 아닌가.

내 머리가 아무리 울부짖어도 내 몸은 스스로를 일으켜 세우고, 부엌으로 가서 음식을 먹었다.

내 몸은 눈물을 흘리며 음식을 삼켰다. 자기가 하는 짓 때문에 내 머리가 너무도 고통스러워하고 있었기 때문이다.

내 몸은 매일매일 음식을 먹었다. 아무것도 소화를 시킬 수 없는 상황이었기에 정신적 고통에 육체적 고통까지 더해졌다. 음식은 타인이고, 악(惡)이었다. 〈악마〉라는 단어는 〈분리시키는 것〉이라는 뜻이다. 먹는 행위는 내 몸을 머리로부터 분리시키는 악마였다.

나는 죽지 않았다. 치유에 너무도 비인간적인 고통이 뒤따랐기 때문에 차라리 죽고 싶었는데 말이다. 거식증 덕분에 2년 동안이나 마비되었던 증오의 목소리가 다시 살아났다. 그리고 어느 때보다 심하게 내게 모욕을 주었다. 하루하루가 이렇게 계속되었다.

내 몸은 정상적인 외양을 되찾았다. 나는 내 몸이 죽도록 미웠다.

나는 카프카의 『변신』을 읽으면서 눈이 휘둥그레졌다. 바로 내 이야기였기 때문이다. 짐승으로 변한 사람, 가족들에게 그리고 무엇보다 자기 자신에게 공포의 대상이 된다는 사실, 자기의 몸뚱이가 낯설게, 적으로 느껴지는 경험.

주인공 그레고르 잠자처럼 나도 더 이상 방에서 나

오지 않았다. 사람들이 나에게 느낄 혐오감이 너무나 두려웠고, 사람들이 나를 깔아뭉개 버릴지 모른다는 공포감에 벌벌 떨었다. 나는 아주 저열한 환상 속에 살았다. 이제 나는 열여섯 살 소녀에 어울리는 정상적인 육체를 가지고 있었다. 차마 눈뜨고는 못 볼 정도는 분명히 아니었다. 하지만 내부에서는, 스스로 거대한 바퀴벌레 같다고 느끼고 있었다. 이 바퀴벌레를 끄집어내지도 못하고, 그렇다고 밖으로 빠져나오지도 못하는 상태였다.

더 이상 내가 어떤 나라에 살고 있는지조차 몰랐다. 나는 그저 쥘리에트 언니와 같이 쓰는 방에 살고 있을 따름이었다. 언니는 방에서 잠만 잤지만 나는 풀타임으로 방에 죽치고 있었다.

몸이 아파서 더더욱 침대를 떠날 수가 없었다. 내 소화기관들이 몇 년간의 기술적 실업 상태를 겪고 나더니 아무것도 허용하지 않았다. 죽이나 삶은 야채 말고 다른 것이라도 먹으면 아파서 데굴데굴 굴렀다.

그해에 유일하게 좋았던 시간은 열이 나던 때였다. 고작 한 달에 두어 번 꼴이었으니 내 맘대로 열병을 앓을 수 있는 것도 아니었다. 하지만 얼마나 멋진 휴지기였는지! 열이 나면 내 의식은 구원과도 같은 착란 상태로 빠져들었다. 내 머릿속에는 늘 같은 이미지만 맴돌았다. 나는 항성(恒星)의 허공을 떠돌아다니는 커다란 원추였는데, 반드시 원기둥으로 변해야만 했다.

40도씩이나 오르던 체온에서 나오는 온 힘을 모아, 내가 바라는 파이프가 되기 위해 정신을 집중했다. 가끔씩, 기하학적 임무를 완수했다는 느낌이 들면 대단한 자긍심을 느꼈다. 나는 땀에 범벅이 된 채 잠에서 깨어났고, 몇 분간이나마 안도감을 만끽했다.

방에 죽치고 살다 보니 어느 때보다 독서를 많이 할 수 있었다.

나는 처음으로 몽테를랑의 『처녀들』을 읽었다. 이 책은 내가 나중에 가장 많이, 읽고 또 읽어서, 백 번도 넘게 읽은 책이다. 환희에 젖어 책을 읽으면서, 다른 건 다 돼도 여자는 되면 안 되겠다는 생각이 굳어졌다. 나는 목표를 향해 정진하고 있는 셈이었다. 바퀴벌레였으니까.

아주 간혹, 힘을 내어 방 밖으로 나올 때가 있었다.

상식이 뭔지도 깡그리 잊어버린 상태였다. 영혼의 부재에 대해 일장연설을 늘어놓는가 하면, 어떤 고관한테 〈이봐, 자네〉 하고 부르기도 했다.

라오스에서는 음악처럼 도박도 일체 금지되어 있었다. 그러니 어떤 도박이라도 즐기자면 조심스럽게 남의 눈을 피해야 했다. 카드 게임도 이런 우연성 도박의 일종으로 분류되었다. 휘스트 게임은 금지 대상이라는 금배지를 달아, 아주 숭고한 행위가 되어 버리고 말았다.

나는 게임하는 사람들을 죽어라 지켜보았다. 그러던 어느 날, 속임수를 쓰는 사람이 내 눈에 딱 걸리고 말았다. 나는 큰 소리로 그에게 면박을 주었다. 그는 아니라고 했다. 나는 그의 눈에 주먹을 한 대 날렸다. 아버지는 즉시 나를 방으로 쫓아 보냈다.

방을 떠나지 않는 게 운명이었기에, 나는 예언가가 되었다. 침대에서, 나는 창밖으로 하늘을 나는 새들을 쳐다보았다. 나는 새들의 비상(飛上)을 보면서 새들이 날아간다는 사실 외에는 아무것도 읽어 내지 못했다. 어떤 해석이든 다 너무 단순화된 해석이었을 것이다.

그저 지켜보는 것이 가장 가슴 떨리는 일이었다.

새들이 너무 멀리 보이는 때가 잦아서, 어떤 새인지 분간은 할 수 없었다. 그들의 실루엣은 창공을 선회하는 아랍어 서체로만 보였다.

내가 간절히 원하던 게 바로 그것이다. 어디든지 자유롭게 날아갈 수 있는, 아무런 결의도 없는 그 무엇이고 싶었다. 그런데 나는 지금 병들고 적의에 찬 육신에, 파괴라는 편집증에 사로잡힌 영혼에 갇혀 있는 신세가 아닌가.

국제 테러 조직의 핵심 인자들은 외교관 자녀들 가운데서 모집되는 것 같다. 내게는 놀라운 일이 아니다.

열일곱 살에, 나는 브뤼셀 자유 대학에 발을 디뎠다.

브뤼셀은 전차로 가득 찬 도시였다. 전차는 매일 아침 5시 30분, 끼드득 우수에 젖은 소리를 내며 계류장을 떠났다. 무한을 향해 출발한다고 믿으며.

여태까지 살아 본 나라들 중에서 벨기에가 가장 이해하기 힘들었다. 어쩌면 이것 때문일지 모른다. 어디선가 오기는 왔는데, 도무지 어딘지 알 수 없다는 느낌.

내가 벨기에에서 글을 쓰기 시작한 것은 분명히 이 때문이다. 이해하지 못함은 글쓰기를 위한 풍부한 자양분이 된다. 내 소설들은 증폭하기만 하던 그 이해할 수 없다는 느낌에 형체를 만들어 주었다.

거식증은 내게 해부학적인 가르침을 주었다. 나는 내가 해체해 버렸던 이 몸뚱이를 알게 되었다. 이제 몸을 다시 만들어 가야 한다.

이상야릇하게도 글쓰기가 도움이 되었다. 글쓰기는 무엇보다 육체적인 행위였다. 내 안에서 뭔가를 끌어내기 위해서는 넘어야 할 장애물들이 있기 때문이다.

이러한 노력이 세포 조직 비슷한 것을 이루어 내 몸이 되었다.

다행스럽게도 내 인생에는 언니라는 사람이 있었다. 언니는 운전면허를 땄다. 그때부터는 나를 데리고 자주 바다를 보러 다녔다. 꿈결 같은 나날들이었다.

언니는 벤뒤네와 오스텐데 사이에 있는 르 콕까지 차를 몰았다. 우리는 모래 언덕에서 잠을 자고 존재하지 않는 것들에 대해 이야기했다. 우리는 끝도 없이 해변을 걸었다.

언니는 나의 생이었고, 나는 언니의 생이었다. 친척 중에는 우리 둘이 도가 지나치게 가까워서 떼어 놓아야 한다고 말하는 사람들이 있었다. 우리는 이런 사람들을 두 번 다시 보지 않았다.

하루는, 글을 쓰고 있다고 언니에게 털어놓았다. 언니 자신은 열여섯 살부터 글쓰기를 중단한 상태였다. 그녀로부터 바통을 이어받았다. 절대 보여 주지 않겠다고 말했다.

「나는 남이 아니지.」 언니가 말했다.

이렇게 해서 언니가 내 달걀 이야기를 읽게 되었다. 언니에게 호평을 기대하지는 않았다.

언니는 원고를 돌려주며 딱 한 마디로 논평을 했다.

「자서전이네.」

실제로 거대한 달걀 안에서는 노른자가 혁명 청년들이 일으킨 쿠데타에 무너지고 말았다. 노른자가 흰자 속으로 흩어졌고, 이 레시틴의 종말은 껍질의 폭발을 초래했다. 그러자 계란은 거대한 공간의 오믈렛으로 변해 버렸고, 이 오믈렛은 세상이 끝나는 날까지 우주의 허공을 떠돌고 있을 것이다.

그렇다, 자서전이라는 말이, 맞았다.

스물한 살에, 문헌학 학위를 쥐고, 나는 도쿄행 편도 비행기 표를 샀다.

브뤼셀에 남아 있을 쥘리에트 언니를 떠나야 한다는, 끔찍한 일이 뒤따르는 결정이었다. 언니와 나는 한 번도 떨어져 지낸 적이 없었다. 〈네가 어떻게 떠날 수 있니?〉 하고 언니가 내게 말했다. 그게 범죄라는 걸, 나도 알고 있었다. 그래도 나는 그 범죄를 저지를 수밖에 없다고 생각했다.

나는 언니를 품 안에 꼭 안아 주고 나서 떠나왔다. 언니는 오랫동안 흐느꼈고, 지금까지도 내 머릿속으로 울려 퍼지는 그 흐느낌 소리가 생생히 들린다. 사람이 도대체 얼마만큼 괴로울 수 있는지, 알 길이 없다.

도쿄. 이곳은 내가 예전에 알던 일본은 아니지만 그래도 일본은 일본이었다. 괴물 같이 뻗어 있는 간선도로 뒤에 숨어 있는 골목길에 내 나라가, 고구마 장수의 노래 소리가, 기모노를 입은 노파들이, 노점상들이, 기차의 소음이, 가족들이 먹는 스프 냄새가, 아이들의 고함 소리가 있었다. 예전 그대로였다.

그때가 1989년 1월이었다. 날씨는 춥고 하늘은 항상 완벽하게 푸르렀다. 나는 다섯 살 이후로 한 번도 일본어로 말을 해본 적이 없기 때문에, 당연히 일본어를 다 잊어버렸다고 생각했다. 그런데 일본어 단어들이 무리를 지어 내 머릿속으로 돌아오는 게 아닌가.

나는 엄청난 기억의 모험을 경험하고 있었다. 나는 스물한 살이었는데, 나는 다섯 살이었다. 50년은 떠나 있었던 것 같은데, 마치 한 철 떠났다 돌아온 것 같았다.

내 시간은 감동의 연속이었다. 건널목지기가 기차가 다가오는 것을 알리면서 딩딩딩 소리를 울리면 내 존재는 지워져 버리고 말았다, 나는 슈쿠가와에 가 있었다,

닭살이 돋으면서 눈에서는 눈물이 흘렀다.

내 나라일 수밖에 없는 일본으로 돌아온 지 엿새가 지나서 스무 살의 도쿄 청년을 만났다. 그는 나를 박물관으로, 식당과 공연장으로, 자신의 방으로 데리고 다녔고, 나중에는 자기 부모에게도 인사를 시켰다.

나한테 난생 처음 있는 일이었다. 남자가 나를 인간으로서 대접해 주다니.

더군다나 그는 매력적이고, 친절하고, 섬세하고, 고상하며, 완벽할 정도로 예의바른 사람이었다. 내가 브뤼셀에서 사귀던 남자들하고는 영 딴판이었다.

이름이 사기(士氣)를 뜻하는 린리였는데, 그는 정말 사기 그 자체였다. 우리에게 프레텍스타[13] 혹은 엘뢰테르[14]라는 이름이 아주 드문 것처럼, 린리라는 이름도 일본에서는 아주 드문 이름이었다. 하지만 일본 고유명사에는 용례가 드문 단어도 관례적으로 쓰이고 있다.

13 Prétextat. 라틴어 *praetexere*에서 온 단어로, 〈가장자리를 두르다〉라는 뜻.

14 Éleuthère. 그리스어 *eleutheria*에서 온 단어로 〈자유〉라는 뜻.

린리는 돈이 많은 집안의 자제였다. 아버지가 일본 최고의 보석상이었다.

그는 가업을 물려받을 때를 기다리면서 나처럼, 그리고 일본의 열한 개 최고 명문대학에 못 끼는 다른 대학에 다니는 학생들이 다 그렇듯이, 슬렁슬렁 학교를 다니고 있었다.

그는 재미 삼아 프랑스의 문학과 언어를 공부하고 있었다. 나는 그에게 제법 많은 프랑스어 표현을 가르쳐 주었다. 나는 비즈니스 일본어를 공부하고 있었다. 그는 나에게 많은 어휘를 가르쳐 주었다.

서로 언어를 배운다는 미명하에 우리는 모험을 즐겼다.

린리는 자기 이빨처럼 새하얗고 광택이 나는, 진짜 야쿠자 차 같은 차를 몰고 다녔다.

나는 그에게 물었다.

「어디로 가는데?」

「가보면 알아.」 그가 대답했다.

저녁이 되면 우리는 히로시마나 사도 섬으로 가는 배 위에 서 있었다.

그는 일어-프랑스어 사전을 펼쳐 들고 한참을 뒤적거리다가 이렇게 말했다.

「여기 있네. 너는 정수(精髓) 같아.」

린리의 가족들과는 이만큼 재미있지 않았다. 집안에 하나밖에 없는 상속자가 백인 여자에게 빠져 있으니, 사람들이 나에게 고운 시선을 던질 턱이 없었다. 가족들은 최대한 정중하게 보이려고 애를 쓰면서도, 나라는 사람이 자신들에게는 얼마나 뜨악한 존재인지를, 어떻게 해서든 나한테 전달하려고 했다.

린리는 이런 사실을 눈치채지 못했다. 그와는, 좋은 기억밖에 없다. 그 남자, 참 보기 드물게 괜찮은 사람이었다.

내가 그보다 한 살 위였는데, 이것만으로 아네-옥상, 즉 〈큰누나 같은 아내〉가 되었다. 경험이 많은 내가 〈남동생 같은 약혼자〉에게 인생을 한 수 가르쳐 주어야 하는 입장이 되어 버린 것이다.

웃겼다. 나는 그에게 나처럼 독한 차를 마시는 방법을 가르쳐 주었다. 그는 토해 버리고 말았다.

내가 전력을 다해 글을 쓰기 시작한 것이 1989년부터이다. 일본 땅에 다시 발을 디딘 게 내게 글을 쓸 수 있는 에너지를 주었다. 이때 생긴 습관이 이제 내게는 리듬이 되었다. 하루에 최소한 네 시간은 글을 쓰는 것.

이때부터 글쓰기는 처음 글을 쓰던 때의, 우연적인 추출 행위와는 전혀 다른 것이 되어 버렸다. 이때부터 지금까지 글쓰기는 내게 역동적인 밀어내기, 짜릿짜릿 쾌감이 느껴지는 두려움, 끊임없이 거듭나는 욕망, 관능적인 필요에 다름 아니다.

그해 여름 쥘리에트 언니가 도쿄로 나를 찾아 왔다. 우리는 괴성을 지르며 재회의 기쁨을 나누었다. 언니 없이 사는 것은 순리에 어긋나는 일이다.

언니가 왔으니 이제 성지 순례를 시작해도 되었다. 신칸센 열차가 우리를 고베로 데려다 주고 나니, 이번에는 교외선 열차가 슈쿠가와에 우리를 떨어뜨려 놓았다. 역에 도착하면서부터 우리는 이번 여행이 잘못된 선택이라는 생각을 했다.

마을은 거의 변하지 않았다. 그런데 언니와 내가 변해 있었다. 유치원은 내 눈에 장난감처럼 보였고, 놀이터도 더 이상 위험해 보이지 않았다. 집까지 이어지는 좁은 골목길은 마법이 풀려 버렸다. 주변의 산들조차 내게는 자그맣게만 보였다.

우리가 유년 시절을 보냈던 집 앞에 이르러, 나는 벽에 난 조그만 구멍 사이로 머리를 디밀고 정원을 훑어보았다. 예전 그대로였다. 그런데 나는 이미 내 왕국을 떠난 뒤였고, 내 눈에 비치는 것은 그저 정원일 따름이었다.

언니와 나는 시체가 널브러져 있는 전쟁터를 걷고 있는 느낌이었다.

「돌아가자!」

나는 역으로 돌아와 공중 전화기에서 니쇼상의 전화번호를 눌렀다. 아무도 받지 않았다. 서운했지만 한편으로는 안도감도 느꼈다. 니쇼상을 다시 만나고 싶어 미칠 지경이었지만 행여 잘못된 만남으로 끝날까 두려웠다. 내 사랑하는 보모 니쇼상과의 재회가 어그러지는 것은 도저히 용납할 수 없으리라.

한 달 후, 언니가 돌아갔다. 언니는 조만간 다시 만나자며, 내게 약속했다. 그래도 나는 몇 시간 동안이나 흐느꼈다.

저녁때가 되면 린리가 나를 도쿄 항으로 데리고 가곤 했다. 우리는 감격에 젖어 유조선들을 쳐다보았다. 터무니없이 높이 쌓아올려 놓은 타이어 무더기도 보였다. 나는 일렬로 쭉 늘어선 거대한 코마츠 크레인을 바라보고 있을 때가 가장 좋았다. 이 금속의 새들은 전시(戰時)와 같은 장엄한 모습으로 바다와 맞서고 있었고, 이 풍경의 유미주의에 나는 흥분되었다.

우리가 있던 자리에서 뒤를 돌아보면 낡은 공중 레일 위로 기차가 지나다니는 게 보였다. 밤이 되면 이 우르렁대는 열차 소리가 내 가슴을 파고들었다. 아름다웠다.

야쿠자 차 안에서 린리는 사카모토 류이치의 CD를 틀었다. 그러고는 나에게 차가운 사케를 따라 주었다. 이게 유행이었다. 일본에서는, 포스트모더니즘이 아주 매력이 없는 것은 아니었다.

1989년 12월 31일, 나는 공중전화 부스에서 니쇼상의 전화번호를 눌렀다. 니쇼상이 받았다. 누가 전화를 걸었는지 알고 나자 그녀는 화들짝 놀라며 소리를 질렀다. 나는 니쇼상에게 교토에 와서 함께 새해를 맞지 않겠냐고 물었다.

고베는 그리 멀지 않은 곳이었다. 내가 역에 나가서 기다리리라. 나는 하루 종일 금각사를 쳐다보며 전율했다. 불태워 버리지는 않았다. 나는 그저 잠시 후 있을 재회만 생각했다. 습한 날씨가 살을 에는 듯했다. 전형적인 교토의 겨울 날씨였다.

약속한 시간이 되자 1미터 50센티미터 가량 되는 아

담한 체구의 여자가 기차에서 내리는 모습이 보였다. 니쇼상은 나를 금방 알아보았다.

「장대 같이 컸구나. 하지만 얼굴은 다섯 살 때 그대로야.」

니쇼상은 쉰 살 정도 되었을 것이다. 하지만 보기에는 훨씬 나이가 들어 보였다. 고생스럽게 일한 탓이리라.

나는 그녀를 안았다. 어색했다.

「언제였더라, 마지막이?」

「1972년. 17년 전이야.」

내 보모의 미소는 그대로였다.

니쇼상은 중국 식당에 가서 식사를 하자고 했다. 나는 니쇼상을 식당으로 모시고 갔다. 그녀는 내게 쌍둥이 딸이 다 출가를 했다고 말하면서 손자들의 사진을 보여 주었다. 그녀는 고량주를 많이 마셨고, 무척 흥겨워 보였다.

나는 니쇼상에게 며칠 있으면 일본 대기업에서 통역사로 일을 하게 된다고 이야기했다. 니쇼상이 축하해 주었다.

자정이 되어, 우리는 관례에 따라 절에 종을 울리러 갔다. 고도(古都)의 사방에서 종소리가 울려 퍼졌다. 약간 취기가 돈 니쇼상이 웃었다. 내 눈에는 눈물이 고였다.

1995년 1월 17일, 고베에서 끔찍한 지진이 발생했다.

1월 18일, 나는 브뤼셀에서 쉴 새 없이 니쇼상의 전화번호를 눌러 댔다. 모두 허탕이었다. 통신이 두절된 모양이었다. 나는 걱정이 되어 안절부절못했다.

1월 19일, 기적처럼 전화선 너머로 니쇼상의 목소리가 들려왔다. 니쇼상은 집이 자기 위로 그대로 주저앉아 버리고 말았다고, 꼭 1945년 같더라고 말했다.

그녀는 무사했고, 그녀의 가족 역시 무사했다. 하지만 니쇼상은 옛 일본 사람들이 하던 대로 여윳돈을 집 안에 숨겨 두고 있었는데, 이번 난리로 몽땅 잃어버리게 됐다고 했다.

나는 그녀를 나무랐다.

「은행에 구좌를 연다고 나한테 약속해, 지금 당장.」

「주머니에 남아 있는 몇 푼 안 되는 동전을 넣으려고 말이니?」

「니쇼상, 진짜 뭐 이런 일이 다 있어!」

「아무러면 어때? 아직은 이렇게 목숨이 붙어 있는 걸.」

옮긴이의 말

〈배고픔, 이건 바로 나다〉라는 선언으로 시작하는 이 책. 『보바리 부인』의 작가 플로베르에게서 영감을 얻은 듯한 이 표현에서 알 수 있듯이, 이 책은 지금까지 출간된 아멜리 노통브의 작품들 중에서 자전적 색채가 가장 짙은 작품이다. 작가는 이미 전작 『두려움과 떨림』, 『사랑의 파괴』, 『이토록 아름다운 세 살』(원제: 파이프의 형이상학) 등에서 사실과 허구의 경계를 경쾌하게 넘나들며 어린 아멜리의 독특하면서도 발칙한 정신세계를 보여 준 적이 있다. 그런데 이번에는 어쩐지 전작들의 제목 아래 보이던 〈소설〉이라는 장르 표기가 보이지 않는다. 무게 중심을 허구에서 사실로 슬그머니

옮겨 놓은 장치가 아닐까?

그렇다. 이 작품은 작가 자신이 느끼는 〈배고픔〉에 대한 이야기다. 식욕과는 거리가 먼 바누아투 섬 사람들의 이야기를 처음부터 들려주는 것은 노통브 자신의 배고픔을 이야기하기 위한 사전 정지 작업이다. 배고픔이라는 게 인간의 가장 보편적인 속성인 것은 사실이나, 그래도 이 분야에서 감히 자신을 따라올 자가 없지 않겠느냐고 하면서 말이다. 그렇다면 도대체 이 배고픔의 정체는 무엇일까? 노통브는 배고픔을 이렇게 정의하고 있다. 〈배고픔, 나는 이것을 존재 전체의 끔찍한 결핍, 옥죄는 공허함이라 생각한다. 유토피아적 충만함에 대한 갈망이라기보다는 그저 단순한 현실, 아무것도 없는데 뭔가 있었으면 하고 간절히 소망하는, 그런 현실에 대한 갈망이라고 말이다.〉

이 같은 인간 존재의 본원적 허기, 〈지독한 열망〉, 존재의 〈초조함〉, 〈요동침〉과 마주하는 노통브의 모습에 독자들이 쉽게 스스로를 투영시켜 보게 되는 것은, 역시 노통브의 글쓰기가 지닌 강한 흡인력 때문이다. 묵직한 소재를 상큼하고 발랄하게 다루는 재주, 긴장감은 조성하되 비장감은 거부하는 고집, 특유의 날렵하고 도발적인 표현들은 독자들로부터 때로는 실소를 자아내고, 때로는 가슴 서늘하리만치의 놀라움과 두려움을, 때로는 공감을 불러일으키기도 한다.

노통브가 특정 음식과의 관계, 거식증 등을 통해 보여 주는 것은 다름 아닌 타인과의 소통에 대한 열망, 우리 존재를 규정하는 세계, 그 보편적 아름다움에 대한 갈망이다. 그녀는 이런 배고픔을 분출하는 통로로 책 읽기를 택한다. 〈책을 읽다 보면 감탄하고 있는 내 자신을 발견하게 되었다. 감탄하는 것, 이것은 오묘하고도 절묘한 행위다. 두 손이 따끔따끔거리고, 호흡이 쉬워졌다.〉 독서는 그렇게 노통브에게는 〈수수께끼 같은 《존재의》 아름다움을 찾는 행위〉가 되었다. 그러나 독서 행위에는 창작에 대한, 보다 더 절박하고 강렬한 배고픔이 뒤따르는 법이 아닌가? 노통브도 예외는 아니었다. 그녀에게 글쓰기는 배고픔과 싸우는 가장 현실적이고도 구체적인 생존 수단이었다. 〈글쓰기는 무엇보다 육체적인 행위였다. 내 안에서 뭔가를 끌어내기 위해서는 넘어야 할 장애물들이 있기 때문이다. 이러한

노력이 세포 조직 비슷한 것을 이루어 내 몸이 되었다.〉

이번 작품은 어떤 의미에서 아멜리 노통브식 성장 소설의 완결편 정도로 평가될 수 있을지도 모르겠다. 하지만 작품 구석구석에서 늘 새롭고 맛깔스러운 양념으로 이야기를 버무리는 그녀의 능력은 이번 책에서도 유감없이 발휘되었다. 아마도 이것이 독자나 역자에게 늘 그녀의 신작이 손꼽아 기다려지는 이유일 것이다. 〈아무려면 어때? 아직은 이렇게 목숨이 붙어 있는걸〉 하고 너스레를 떠는 노통브에게서 삶과 문학에 대한 한층 깊이 있는 성찰이 느껴진다.

전미연

옮긴이 **전미연** 서울대학교 불어불문학과와 한국외국어대학교 통번역대학원 한불과를 졸업했다. 파리 3대학 통번역대학원(ESIT) 번역 과정을 수료했고, 오타와 통번역대학(STI) 박사과정을 마쳤다. 한국외국어대학교 통번역대학원에서 학생들을 가르쳤고, 현재는 미국에 거주하며 번역을 하고 있다. 옮긴 책으로 베르나르 베르베르의 『파피용』, 기욤 뮈소의 『사랑하기 때문에』, 『당신, 거기 있어줄래요?』, 아멜리 노통브의 『두려움과 떨림』, 『이토록 아름다운 세 살』, 엠마뉘엘 카레르의 『겨울 아이』, 『콧수염』, 폴 콕스의 『예술의 역사』, 로맹 사르두의 『최후의 알리바이』 등이 있다.

배고픔의 자서전

발행일 **2006년 5월 10일 초판 1쇄**
2011년 12월 20일 초판 5쇄
2014년 10월 10일 2판 1쇄

지은이 **아멜리 노통브**
옮긴이 **전미연**
발행인 **홍지웅**
발행처 **주식회사 열린책들**

경기도 파주시 문발로 253 파주출판도시
전화 **031-955-4000** 팩스 **031-955-4004**
www.openbooks.co.kr

Copyright (C) 주식회사 열린책들, 2014, *Printed in Korea.*
ISBN 978-89-329-1676-7 03860

이 도서의 국립중앙도서관 출판시도서목록(CIP)은 e-CIP 홈페이지(http://www.nl.go.kr/ecip)와 국가자료공동목록시스템(http://www.nl.go.kr/kolisnet)에서 이용하실 수 있습니다. (CIP제어번호 : CIP2014027721)